随风而行

吴晓明　著

民主与建设出版社
·北京·

© 民主与建设出版社，2021

图书在版编目（CIP）数据

随风而行 / 吴晓明著 . —北京：民主与建设出版社，2021.7
ISBN 978-7-5139-3601-9

Ⅰ.①随… Ⅱ.①吴… Ⅲ.①游记—作品集—中国—当代 Ⅳ.① I267.4

中国版本图书馆 CIP 数据核字（2021）第 118052 号

随风而行
SUIFENG ERXING

著　　者	吴晓明	
责任编辑	周佩芳	
封面设计	张淑萍	
出版发行	民主与建设出版社有限责任公司	
电　　话	（010）59417747　　59419778	
社　　址	北京市海淀区西三环中路 10 号望海楼 E 座 7 层	
邮　　编	100142	
印　　刷	河北信德印刷有限公司	
版　　次	2021 年 10 月第 1 版	
印　　次	2021 年 10 月第 1 次印刷	
开　　本	710 毫米 ×1000 毫米　　1/16	
印　　张	13	
字　　数	208 千字	
书　　号	ISBN 978-7-5139-3601-9	
定　　价	59.80 元	

注：如有印、装质量问题，请与出版社联系。

序言：把美留给读者

　　《随风而行》，是我出版的又一本文学作品集，但它是我的第一本游记集子。

　　其实，我从事散文的写作也才有十多年，都是业余时间进行笔耕。如果说最初的写作是一种尝试，或者说是一种兴趣、一种爱好，那么，现在的这份字缘已经成为我生命中不可分割的一部分，或换句话讲，往事、故乡、军营、自然以及那些有意味的现实生活片段，这一切都成了我心中的情结，让我的人生之旅因有这些而变得精彩，变得壮美和变得更有意义。

　　如今，在命运的激流中，我走走停停已有50余载，不仅品尝了现实生活的滋味，还品味着梦想成真的喜悦，既有诸多的感悟，也有不少困惑。是感悟也好，困惑也罢，我想还是应该通过我的笔把它写出来，记录下来，以求与读者一起分享和探索。

　　我的写作生涯，屈指可数，总是感到写出的东西似乎有点乱，也有点杂，准确地讲不是"按套路出牌"，其原因有：第一，我是学计算机软件专业出身的工科男，注重的是结果而不是过程；第二，我对文学写作虽然从小就喜爱，但却巧的是，被那个没有升学压力的特殊年代耽误了，未

目　录

第一辑　古都·南京

　　踏进城门、登上钟山的青砖石阶，就如同走进浩瀚的历史长河。长江远绕，城墙横亘，故垒犹存，一定让人全身心融进并凝固在这恍若今古如一的图画中。扑面而来的，却是历史的恢宏和王朝权势的凝重。

南京的绿色

南京于我而言，对她再了解不过了。因为在 20 世纪的 70 年代末，我以一名军人的身份曾就职于此，与她热情相拥达十多年之久。由于工作的关系，我一直都生活在这座城市里，自然对她更加熟悉，更加亲近，也就更有感情了。

南京又称金陵！有着 2400 年的历史，中国六个朝代曾在此建都。晋代的桃叶渡、东吴的石头城、明朝的城墙、桨声灯影里的秦淮河、太平军的天王府、中华民国的建筑群等，给南京留下了星罗棋布的名胜古迹，都无不与绵延的历史有着割不断的牵扯，无不与历史人物有着千丝万缕的联系，从而展示了中华民族的智慧和灿烂文化。

然而，有着深厚文化底蕴的六朝古都，自从她迈入 21 世纪后，特别近十年来，南京的建设，可以说是突飞猛进，那一片连着一片的楼宇，用自己的亮丽雕塑了城市的艺术群像；那一条接一条的道路，用自己的敞亮构筑了城市的跳动血脉；那一排又一排的法桐，用自己的绿色装点了城市的环境壮美……南京，以其快速的发展成为长三角地区名副其实的大都市。可我却感到，南京市最具特色、最具价值和最具魅力的并不是拔地而起的楼房，并不是绕城的高架桥，也并不是光彩夺目的亮化，而是这个城市的绿色，应该说，绿色才是六朝古城南京最令人心动的一道风景。

绿色，是大自然中最基本、最原初的色彩，是一切颜色中最为生动、最为可爱的颜色！绿色代表着坚强，蕴藏着力量，意味着希望，它总是在熏染着、启迪着、暗示着一种东西，从一株株小草、一棵棵树木的绿色里，让人们看见其浩瀚生命的海洋。古往今来，人们都把绿色比喻成生命，或把生命比喻成绿色，历朝历代都不乏赞美绿色的诗篇。

城市需要绿色，特别是城市越大越需要绿色。因为绿色能使天空清澈，能使空气清新，能使城市添色。同时绿色也能让人安静、让人养神与沉醉，它是现在生态城市的精神与灵魂。因此，人们都希望绿色，都呼唤绿色，也都钟爱绿色。

南京的绿色别具一格。

从中山门经解放路到新街口，从珠江路经鸡鸣寺到鼓楼，从火车站经中山路到莫愁湖，再沿中山东路出中山门到中山陵……条条林荫大道、绿色走廊，尤其是那"高寿"的梧桐树，犹如一个个绿色方队，用自己粗壮而又繁茂油绿的枝叶支撑着这片天空，守护着这座古城。

这对于常年身居闹市的人们来说，真是一种奢侈的享受。浓浓的绿色渗透在每一个南京人的血脉里，所以，每一个南京人都为有这绿色而感到骄傲，感到自豪和幸福。

说到梧桐树，得让历史时针拨回到20世纪20年代的中期。

传说，1925年，孙中山先生在北京逝世，根据其生前的遗愿，死后将他安葬于南京的钟山（又名紫金山）。1928年，为迎接孙中山先生奉安大典，南京市政府辟建了中山大道（以下关码头为起点，经中山北路、中山路、中山东路到中山门道路的统称）和陵园路，并在两旁栽种行道树。1929年，孙中山先生的灵柩从北京火车站运抵浦口车站（今南京北站），下车后渡江上岸的下关码头，改名中山码头，进城后途经的第一条街道，叫中山北路，过的一座桥叫中山桥，到鼓楼后途经的第二条街道叫中山路，穿过新街口后拐弯，途经的第三条路叫中山东路，然后过了一座桥，叫逸仙桥，出城的东城门，改名中山门，一直到陵园路，路两旁栽的全是法国梧桐，除上海法租界工部局赠送的 1500 株，其余均为宋庆龄以一块大洋每株购得，共数千株。仅陵园路就种植了 1007 株，每株高 3.4 米左右，株距为 6.6 米。其余栽植在江苏路和长江路等处，成为南京最早的一批行道树。主干道路幅 40 米，其中绿化带宽 5～10 米，占路幅的 12.5%～25%。

一转眼，新中国成立后，政府又新修了长江路、山西路、太平南路、中华路等次干道，陆续栽上了不少的法国梧桐树。到 20 世纪 60 年代，南京城内的法国梧桐树增加到 20 万棵。

经过 20 多年的日日夜夜、风风雨雨，长成高大而又茂盛的梧桐，洋洋洒洒地从街头到街尾，拐个弯，却又出现在下一条街道上。青翠而浓密的叶，硕大而壮实的根，相交呼应的枝，两旁的梧桐奋力向上伸展着，顶端合拢，形成拱廊，交会于街道上空。绿叶攀爬而上，尽情地生长。可谓是"气势磅礴，大树盈城"！

就这样，上百年来，在时光的洗礼中，在岁月的光影里，道路两旁的梧桐仍旧屹立在几经破坏但却又得以保存的民国建筑之中，静默看着这座市城的生与死，悲与喜，苦与乐……梧桐树啊！你不仅经历了民国凄厉风雨和天翻地覆慨而慷的历史巨变，更见证了南京这个曾经的六朝古都的近代百年沧桑，早已成为南京人生活不可分割的一部分。

所以，这梧桐树在南京人的心目中，地位可见一斑。因为梧桐树不仅叶子呈绿色，厚厚的，一层盖着一层，每片叶子都闪着淡淡的亮光，似乎让人觉得每片叶子都有一个新的生命在颤动，而且树干笔直，还有一颗谦虚的心，不管把它栽到哪里，它都能撑起一片蓝天，护卫一片土地，长出一棵栋梁，奉献一生绿意。

春天，梧桐树抽出了嫩绿的小叶，将整个路道都笼罩在朦胧的绿雾中，人们经过这里，仿佛置身于绿色的海洋之中，享受着春天的绿意。

夏天，梧桐树伸展着茂密的枝叶，为人们遮阴，调节气温，走在那光斑点点的树荫下，觉得格外有趣、凉爽、惬意。

秋天，梧桐树上结满了带刺儿的梧桐果，像一个个桂圆垂直而下，那棕色的小果在金黄色叶子的衬托下，好看极了。

冬天，梧桐树枝头挂满了白雪，犹如一朵朵盛开的梨花，点缀着这银装素裹城市的一角，使人感受到一种童话般洁白、神奇的美。

春、夏、秋、冬，它都无不演绎着一种宏伟，一种澎湃而唯美，带着些法国人的艺术瑰丽，从遥远的西方来到长江口岸，来到美丽而又古老的南京城。借着这一条绿色的带子，在这里扎根发芽，仿佛是上帝的有意安排，让人们在这座古老的城市里欣赏到多瑙河畔的奇珍植物。

除此而外，不同色调的颜色也别样风采。

在南京，无论你是走上大街，还是迈入小巷，映入眼帘的全是满目绿色：一排排杨柳、松树绿荫装点的马路，一块块草茸地毯铺盖的广场，一片片花木争艳的园林和庭院……那无边无际的深绿色、浅绿色、嫩绿色、暗绿色；闪亮的、浓荫的、鲜嫩的、暗淡的……绿在这里集合，仿佛这里就是一面飘扬的绿色旗帜；绿在这儿汇集，仿佛这儿成了人人瞩目的绿的"联合国"。形成了"绿色和庭院深深的民国建筑交相辉映的视觉效果"，难怪在1700多年前的东吴，就有着"官柳千株，行人暑不张盖"的文字记载！

南京人正因为如此，拥有了这片绿色，便拥有了生活的滋味，便拥有了饱满的情怀，便拥有了乐观的信念和向上的斗志与值得珍惜、值得回味的朝朝暮暮的每一个日子。在每一个黎明，在每一个黄昏，行人的脚步丈量着树中小径的清幽，那轻轻的足音常常叩醒贪睡者那清甜的幽梦。

为此，在南京，无论是人还是车，无论是建筑还是路，都掩映在漫天的绿色之中，就好像一跤跌进了绿色的世界里。

据统计，全市林木覆盖率26.4%，城区绿化覆盖率45%，人均公共绿地面积13.7平方米。构成了完整的森林生态体系，在全国位居前三甲，

对这支军队的控制权。朱元璋为了大展宏图，就必须要有稳定的根据地，于是，集庆（南京别称）便走入了他的视线。1356年，朱元璋攻占了集庆，并改名应天府，自称吴国公。同时采纳了皖南池州学者朱升"高筑墙，广积粮，缓称王"的建议，于1366年开始修筑南京城墙。当时动用全国五省二十八府、一百五十二州县，筑城人员百万余众，耗费3.5亿块城砖，花了21年的时间，直到1386年才完成。建成了由宫城、皇城、京城、外郭城四重构成的城墙（称为明城墙），其高度为14～26米，顶宽2.6～19.75米，蜿蜒盘桓达35.267公里，垛口有13616个，城门13座、水关3座、屯兵窝棚200多个。成为我国历史上最具规模、最雄伟、最壮美的明城墙，也超过了法国巴黎的城墙，成为世界第一大城垣。

那么又何为城垣？

其实，城垣是一种防御性建筑。据讲，早在夏朝时期，我国就出现了城市城垣这种建筑形式。夏王启建立了我国历史上第一个奴隶制国家，那些奴隶主们为了显示自己的高贵，建造了堂、室等组成的宫殿，并在周围建造了我国最早的城郭沟池。随着考古研究的不断发现，这种"城郭沟池""城垣""城墙"也不断被发现。

难怪城垣在古人眼里，是那么的牵肠挂肚，依我看来，是因为，自此，往里，必须是自己的地盘，拥有这片天地，一代王朝的统治地位才有保障，政权也才能得到巩固与发展。明太祖朱元璋的这一创举恰巧说明了这一点，不是吗？

是的，古人的用心良苦与超强的想象力，却把我融入了那遥远的历史，仿佛在倾听先人们的美丽传说。

就说说那台城吧！

传说在公元229年，吴大帝孙权自武昌迁都秣陵，也就是今天的南京，将秣陵改称建业，以此为都城。城周二十里又十九步。以后的东晋、南朝都城均建在吴都城旧址上，当时称中央政府机构朝廷禁省，也是皇宫所在地为"台"。实际上，台城就是东晋、南朝的宫城，在都城内。

所以，眼前这段 250 米的古城墙，就是当时东晋宫城的后花园，也属台城的一部分，民间习惯称这段城墙为台城。

经过考证，事实就是如此。从城基所用的条石来看，与城南聚宝门，也就是中华门一带城墙的条石相同。再看石基以上的大型砖，均为明代烧制，故此，可以断定这段城墙也是明城垣的一部分。由此，台城便成为南京的一个别名，并使其名声远扬。历代有许多文人墨客来到南京，总忘不了来台城一游。"台城六代竞豪华，结绮临春事最奢。万户千门成野草，只缘一曲后庭花。"这是唐代诗人刘禹锡留下的诗句。

可以想象，当时诗人在这里吟诗赏景，是不是给人一种身在图画中的感觉？

当我随着熙熙攘攘的人群，从台城的侧面拾级而上，落足于城墙时，一座气宇轩昂的古城垣，便跃然在我眼前。瞬间，我好像来到了一个烟火弥漫的古战场。你看，他们或如士兵列阵，或如壮士厮杀，或如勇士突奔……那百万雄兵突兀着，一个个惟妙惟肖，活灵活现，频频地来到你的面前，让你目不暇接，惊诧不已，震撼不断。

其实，我是知道明城墙的，对她神交已久。那还是我在很小的时候，从教科书中得知的，南京城，又称内城，除此而外，在这座城外的几十里处，还有一座土城，有 16 座城门，又是南京城的一道屏障。

在我的脑海中，一直有一种思维定式，认为在当今，只要有城墙的地方，就一定能够成为古迹。但事实上，让人担心的却是城市的现代化，古迹难免被毁，况且当年的枪炮声、轰鸣声，足以将金戈铁马湮没，重武器、大型机械完全可以轻而易举地将它夷为平地。

然而，展现在我面前的却是一座完完整整的现代大都市，怎不令我这个初次触摸古代遗物的人怦然心动、赞叹不绝呢？

城墙，断面方形，是这个国度所不能或缺的历史文化元素和基调。方正的汉字，方形的棋盘，方形的城池，方形的城砖，方形的兵阵，方形的官印，哪怕就是忠臣的脸谱，也要弄个四方国字脸——那种方正刚毅的形象。

想想也是，方形的古城，那些千军万马，不过就是方格中的字体，方盘中的棋子。运筹帷幄，决胜千里，这样的大事，完全可以微缩成这方寸之间的风际风云，只是，字写不好，可以涂擦干净后再写；棋出了昏着，可以悔棋推倒重来；但用兵一着不慎，只有血流成河、万骨成枯，那是不能翻悔推倒重来的。

而如今，在我的眼帘中，只剩下一座空荡荡的城池，历史只留下了一个方正的格子，那些格中的字与子，都已消失殆尽……正是因为有了它，南京才增添了动感，增添了神秘。

由此，在导游的引领下，外城、内城、皇城、京城、正阳门、通济门、聚宝门、石城门、清江门、定淮门、仪凤门、钟阜门、盆川门、太平门、朝阳门……我尽情地领略着历史留下的记忆，这让我不得不钦佩古人的智慧。

但更有趣的是，我每到一处，总要本能地抚摸着那一块块城砖，发现她的每块砖上都载明有造砖地出处的详细文字，少则一字，或一个符号、记号，多则五十余字。其实，这是一个城市的文字，读懂她，便能敲开一道紧锁沧桑演变的大门，登临那一级级城阶；同时这也是一个城市的音符，奏响她，便能弹出一曲尘掩千年的乐章。于是，我仿佛又听到了：

"叮叮当当"刀剑戈戟发出的铁器撞击声；

"梆梆咻咻"挽弓射箭发出的弦弹矢飞声；

"唏唏唰唰"铠甲片摩擦发出的碎响；

"滴滴嗒嗒"钉着铁掌的马蹄敲打地砖石阶的声响。

队伍集结的脚步声、震天的呐喊声、击鼓鸣锣声、号角声、风沙吹卷军旗声，都夹着浓浓的金属之音，甚至于城头上将士思乡的哀曲、营房中猜行酒令的喧嚣……都被那金属之声所包围，所吞没，所屏蔽。

这原本就不属于温柔乡里的音调，与任何的温存、浪漫绝缘，它只属于男儿，豪放是它的背景基调，婉约只能用来衬托悲壮的美感。而它却每天都在见证着生与死、离与别，平常得都能将眼泪淡漠。

战争，让女人走开，而征戍，却又让亲人远离。所有的伤感，似乎总走不出这方正而又蜿蜒的城墙。

这，是多么的心酸而又感人呀！

古城墙的建成简直就是一个奇迹，一次伟大的创造，让今日的人们不得不为此点赞，不得不为此而肃然起敬。

因为充分利用地形优势，打破了"方位对称，距离对等"的方形古制，把富贵山、九华山、鸡笼山、狮子山、清凉山等大小十几座山冈圈进了城内，并且其区域东连石头城，南贯秦淮区，北带玄武湖，将历代都城都囊括其中，形成了由内向外的"南斗北斗"聚合、环套的格局，从而使南京城踞山控水，形势险要，战可踞，退可守。石城虎踞龙盘的雄姿也得益于此。

细思之下，真的了不起！

这是中国古代劳动人民用智慧和血汗筑成的军事防御设施，她就像一条不见首尾的巨龙，翻过山坡，穿过田野，越过河道，绵延逶迤，跃向天边。这一不朽的伟大工程，具有相当高的历史、科技、建筑、艺术、军事研究等价值，永远值得我们骄傲。

你看！多少个岁岁年年后的今天，她虽然早已遍体鳞伤，但依然傲立其间，依然还能威风不减，依然保持饱满的生命热情和炽热不熄的精神火焰。

这让我也忽然感悟到，只有在这里，站在这古老而又壮丽的城墙上，才能真正感受到什么叫作壮观，什么叫作雄伟，什么叫作耐看不厌和永恒。

如今，这条城中卧龙，就像一个古稀的老人，镶嵌在南京的眉宇之间，虽然她默默地永无怨艾地驮起一串长长的故事，诉说着不同寻常的历史，但她的过去在这里就此定格，她的动与静，古与今在这里无痕地融合。这条城中之龙，不仅成为南京幽静恬适的景致，更是一部可读的唤醒睡在地下的石头，所以，对于长江下游沿岸的南京，每个人都有一块属于自己的石头。也可以说，每个人都有一个属于自己的南京。

然而，于我而言，在南京工作的时候，并没有太在意雨花石的存在。那时我去办公室，或走亲访友，或上街逛商场，或去夫子庙、雨花台……几乎我的身边都有雨花石。就在和她对视的那一刻，我眼里都躲不开石头的探寻，随时有一种被石头包围的感觉。她们像浑身长满了眼睛的佛，面色安详地看着我。毕竟那是石中之王，石中皇后啊！是的，在南京，这具有传奇历史且世界上又独一无二的石头，在更多时候，奇石在人的眼里，便成了实实在在的佛。

默默沉睡了数百万年的雨花石，究竟在什么时候进入人类的视野、走进人们生活的呢？

相传南朝梁天监六年（507 年），有位能言善辩的高僧云光法师在高座寺（金陵城南门外）讲经说法，僧侣 500 余人趺坐聆听。他讲得十分精彩，听者也全神贯注，一连数日不散。于是，那天突然天降暴雨，当雨过天晴后，雨水冲刷出岗上砾石层中许多新的砾石，并且把这些砾石都洗刷得干干净净，在阳光照耀下，其中一些五彩缤纷、晶莹剔透的玛瑙石就呈现在人们的眼前，显得格外耀眼。正当大家惊喜万分、纷纷议论时，云光法师便借用佛经将雨花石解释为"天女赐花"。意思是说，是大家敬佛感动了上天，用法力将天边的五色之石摄来，那是天女散的花，落在地上便成了石头花，是吉祥的征兆，是佛经的发酵。同时，他还将这一喜讯禀报给了梁武帝，梁武帝听后，大喜，连说："正合朕意。"

由此，"云光说法，天女散花"的佛教神话典故，便伴随雨花石赏玩活动而延续至今，仍被人们津津乐道。

直到我离开南京，在被车轮碾碎的日常生活中忽然感觉省城离我越来越远了，才猛然想起那些通灵、泥砾土中的"无雨隐花"——石头花，她们懂得欣赏离去者的表情吗？就像此时我坐在垂直的射灯下，欣赏她们比夜色更安静地坐在书橱里的表情。

曾在20世纪80年代，我心中渐渐开始了一个朦朦胧胧的憧憬，希望有一天，我能到南京雨花台去走一走，看一看，在琳琅满目的雨花石原野中兴高采烈地欢呼、跳跃、翻筋斗，喜不自胜地将这天赐的宝贝拾捡个够。

那天，我去了，来到了一座海拔60米的小山丘。远揖江峰，近俯城堞，入眼望去，郁郁葱葱，延绵数里；拾级登顶，翠柏苍松，竹海青青，风光旖旎。虽然这里的景色美不胜收，但我却知道今天来的目的。于是，我看到了溪流中被浸泡的石头，面对太阳，浑身是胆；你看见她的第一眼，她就成了你的胆。很快，你会发现你真是太大胆，居然独自去了一个远古的南朝梁武帝时代，云光法师讲经说法的地方——南京石子岗。

我也曾光着脚丫，在踩石处梦幻过。后来，我却发现那些梦，在南京是永远都做不完的。因为南京这座历史名城给人的记忆是，虎踞龙盘，长江东去；六朝金粉，十代古都；桨声灯影里的秦淮河、文士云集的江南贡院；江左三家、秦淮八艳；王谢旧宅的深邃、明清两朝的繁华；远古的奇观，美中天然无俗、艳得惊心动魄的雨花石……

那么后来为何将"石子岗"改为现在的"雨花台"呢？

经查阅，宋代张敦颐亦记曰："雨花台，有云光法师讲经于此，感得天雨赐花。"可见，云光说法与地貌地名的结合便成了今天的雨花台。而雨花台所产的石头称为雨花石也就顺理成章了。

我第一次步入传说云光法师讲经说法的遗址——雨花阁，是一个下午，一个阳光普照的下午。阁内陈列有许多大大小小的瓷石貔貅等瑞兽摆件，还有一尊云光法师端坐讲经雕像，四周散缀许多粒镶边饰瓣的雨花石，俨然天花乱坠的场景。阁廊柱上有副楹联："到此留行踪莫辜负山清水秀，前程念归宿但勿忘任重道远。"站在阁楼外廊四顾，雨花台烈士陵园郁郁葱葱，绿树如海。隐约可辨有雪松、桧柏、黄杨、云杉、山茶、红枫、桂花、玉兰、翠竹、蜡梅、紫薇、杜鹃等，高低错落，盎然参差，疏涛密浪，层层叠翠。烈士纪念碑兀然鹤立在莽莽苍苍的树涛林海之中，分

走过夫子庙

有时候一个人的思维让你觉得不可思议，甚至让你觉得都好笑。就拿我来讲吧，曾经在南京工作过十多年，但就是没有去过夫子庙，理由很简单，因为身在南京，机会多多，哪天前往都是一样。可就是抱着这样一个念头，直至我转业回到家乡后，于 2006 年 5 月的一天，才有机会如愿以偿，独自游览夫子庙。

那天下午，一下车，首先撞进目光的是新颖壮观的门楼。这座走过历史风雨的门楼，在沧桑之中透露出神闲气定的坦荡。

门楼上镌刻着“南京夫子庙”五个大字。那五个大字，刚健、俊逸、磁性很强地吸住了游者的眼球。尤其是那充满古朴气息的装饰，恰如其分地概括了夫子庙独特的景貌和独特的魂魄。

在雄伟而又不失典雅的门楼上，饰有浅浮雕、镂刻的图案和具有的中国传统的吉祥符号，让人看了倍感温暖、喜庆和亲切。

这是通往夫子庙内的一条通道，也是南京人引以为荣倍感骄傲的一条街道。

不过，在我看来，夫子庙最令人心动、最令人震撼的还是她那异样的古建筑群。

街道两旁的房子错落有致，青砖粉墙，坡顶小瓦，飞檐翘角，显得十分古老，有一种怀古思幽的感觉，直至今日都——携着历史的风尘安然屹立在"高寿"的梧桐树下。这让我也不禁想起"朱雀桥边野草花，乌衣巷口夕阳斜，旧时王谢堂前燕，飞入寻常百姓家"的诗情意境。

是啊！史料记载，有着千年中华历史文化内涵的夫子庙，她始建于东晋成帝咸康三年（337年），当时成帝采纳了王导的建议："治国以培育人才为重"，决定立大学于秦淮河畔，称为学宫。到了宋仁宗景祐元年（1034年），在东晋学宫的基础上进行了扩建，便有了"孔庙"之名。因为祭奉的是孔夫子，故称"夫子庙"。她包括孔庙、学宫和贡院三大主要建筑群，其范围南临秦淮河北岸，北抵建康路东端，东起姚家巷，西止四福巷，规模庞大。在六朝至明清时期，世家大族多聚于附近，故又有"六朝金粉"之说。范蠡、周瑜、王导、谢安、李白、杜牧、吴敬梓等数百位著名的军事家、政治家、文学家曾在这里创造了不朽的业绩，写下了千古传诵的篇章。

尽管岁月沧桑，斗转星移，今天的夫子庙仍然闪烁着她特有的光芒。所以，夫子庙不仅成为中国四大文庙之一，而且还是中国古代江南文化枢纽之地、金陵历史人文荟萃之地和中国最大的传统古街市。于1991年被评为"全国旅游胜地四十佳"，成为享誉海内外的国家AAAAA级旅游胜地。

走在街道上，看到壮丽灵动的古建筑，我仿佛置身于远古的雅典老街；看到了典雅古朴的雕花漏窗，我又好像回到了那个明清古典妖娆的年代，心里既有一种好奇，又有一种胸怀怀畅的感觉。

走在街道上，看到满眼古朴原汁原味的东西，心中顿时生发出一种感慨：总觉得时光太短，似乎只是一会儿的工夫就换了时空；可又觉得时光太长，似乎忘了世事变迁，似乎忘了夫子庙周围还有现代的高楼大厦在崛起。

城洛阳考察典章制度，寻求巩固鲁国奴隶主政权办法的经历。图文清晰可辨，是难得的珍贵文物；第二块碑是《集庆孔庙碑》，其文是元朝至大二年（1309 年）重建孔庙时由卢挚撰写，到了元至顺元年（1330 年），由纯斋王公书写刻石；第三块碑是《封四氏碑》，讲的是元至顺二年（1331 年），文宗皇帝诏示：加封颜回、曾参（孔子的两个弟子）、孔伋（孔子的孙子）、孟轲（孔子的再传弟子）为四亚圣之事；第四块碑是《封至圣夫人碑》，讲的是元至顺二年，文宗皇帝颁旨加封孔子之妻为至圣夫人之事。

虽然这些碑有些地方已经斑驳，但仍不失其威严，我想那威严既是一种精神，也是一种品格，更是一种民族灵魂。

从中间的石雨道走出，经露台，就到孔庙主殿——大成殿。

这是一座气势巍峨，重檐庑殿顶，屋脊中央有双龙戏珠立雕的仿古建筑。正面屋檐下海蓝色竖匾，上书"大成殿"。孔子为"大成至圣先师"，"大成"指孔子。"大成"一词，源出《礼记·学记》，是学习的最高境界。又见于《孟子·万章》"孔子，圣之时者也。"孔子之谓集大成。"大成"意思是孔子集古圣先贤思想之大成。屋脊鸱（chī）吻中有造型精美的"双龙戏珠"立雕，这在国内同类建筑中属首创之作；屋面覆盖青色小瓦所体现的轻秀之势，与北方孔庙屋面采用黄色琉璃瓦的富丽恢宏之势明显不一样，更显随和、入俗之意，这亦是南京夫子庙更接近俗文化的表现之一，亦称为"入乡随俗"吧。这种规格的建筑在全国也是屈指可数的。殿中央陈列有国内最大的孔子画像，画像前二侧有四位门生，即孟子、孔伋、曾参、颜回，前面还陈列有琴、古筝、鼓等古代乐器。四周墙壁悬挂了 38 幅反映孔子生平事迹的镶嵌壁画，称为"孔子圣迹图"，是由浙江乐清 200 名匠师耗 3 年之功雕成，总投资 580 万元人民币。现在的大成殿已被辟为"南京乡土文化博物馆"。

再往前走，便是夫子庙的学宫。学宫是封建时代培养人才的场所，有不同层次，如县学、府学（路学、州学等）和国学，都与孔庙毗邻，以示儒学立国、修身的正统地位。学宫包括明德堂、尊经阁、敬一亭、崇圣祠和青云楼等单体建筑。

在这当中，最为抢眼的首先是明德堂。它建于南宋绍兴九年（1139年），堂名为文天祥亲自手书。据导游介绍，明德堂是学子集会的地方，在每月的朔望（农历初一、十五）朝圣后，学子都会在此集会，聆听训导师宣讲圣教和上谕，以培养学子们忠君爱国的思想。

其次是明德堂后的尊经阁，始建于明朝中期，高三层，重檐丁字脊歇山顶，气象非凡，是当年存放儒家典籍、教谕讲课的讲堂，现为民俗风情陈列馆。

最后是与尊经阁并排而立的崇圣祠和青云楼。崇圣祠是祭祀孔子父母的地方，现为梨香阁。而位于东侧的青云楼，它建于明万历十四年（1586年），是供奉历代督学使的祠堂，也是旧学宫保留下来的为数不多的建筑之一。

不容易啊！能幸存下来的这些古建筑，一砖一瓦，一根立柱，一处斗拱，一座雕像……在南京人的眼中永远都是有生命的物体。因为市民已经把它们和创造它们的人的精神视为一体，来不懈努力地进行"美"的发掘和"美"的创造……

遐想中，我又走进江南贡院——明远楼，我似曾看到满腹经纶的士子们正挥毫泼墨抒写治世雄略挥洒人生抱负。跨过那道高耸的门槛，恰似鲤鱼跃入龙门。正所谓"十载辛勤变化鱼龙地，一生期许飞翔鸾凤天。"

贡院建于南宋孝宗乾道四年（1168年），由知府史正志创建，是县府考试的场所。至1366年，明太祖朱元璋定都南京后，集乡试、会试于一体，由这里遴选，选拔出了诸多治世能、臣民族英雄，还有艺术大师、文学巨匠，使后世有幸读到文天祥的《正气歌》。长篇讽刺小说《儒林外史》确立了吴敬梓在中国文学史上的地位。扬州八怪郑板桥乃乾隆元年进士，官至山东范县、潍县知县，这个七品芝麻官儿工诗词善书画，笔下的墨竹至今无人逾其右。嘉庆九年（1804年），20岁的林则徐中举人，嘉庆十六年（1811年）会试中选，赐进士，官至湖广总督。1296年出生的施耐庵，勾勒出的那古典建筑的金边轮廓，让我震撼不已，好像就在此刻，感到的不仅是帝王的一种威严，帝王的一种气息，更让我想到或看到了这里自宋明以来曾是全国最大的科举考场。"明经取士，为国求贤。"从这里走出去的学子有成百上万，其中不乏有志有才之士，像扬州八怪之一的郑板桥，风流才子唐伯虎，中国共产党早期的领导人陈独秀等，都曾在这里参加过考试。尽管唐代诗人刘禹锡有诗句："王濬楼船下益州，金陵王气黯然收。"可金陵的王气千百年来，却依然持续不断，势头不减，先后有十个王朝在此建都，在此遴选人才，在此巩固政权。

秦淮风光，历来以灯船最为著名。河上之船一律彩灯悬挂，游秦淮河之人，以必乘灯船为快。朱自清大作《桨声灯影里的秦淮河》中可领略灯船风采："夜幕垂垂地下来时，大小船上都点起灯火。从两重玻璃里映出那辐射着的黄黄的散光，反晕出一片朦胧的烟霭；透过这烟霭，在黯黯的水波里，又逗起缕缕的明漪。在这薄霭和微漪里，听着那悠然的间歇的桨声，谁能不被引入他的美梦去呢？只愁梦太多了，这些大小船儿如何载得起呀……我们真神往了。我们仿佛亲见那时华灯映水，画舫凌波的光景了。于是我们的船便成了历史的重载了。我们终于恍然秦淮河的船所以雅丽过于他处，而又有奇异的吸引力的，实在是许多历史的影象使然了。"

在朱自清清新优美的笔墨中，可以看出作者对茵陈如酒的十里秦淮的喜爱与眷恋。

唐代诗人杜牧的《泊秦淮》千百年来被口咏笔传："烟笼寒水月笼沙，夜泊秦淮近酒家。商女不知亡国恨，隔江犹唱后庭花。"这是杜牧专门为秦淮河写的一首诗，也是最早给秦淮河定性的人，正因为如此，秦淮河便一举成名。

所以，不难看出，古往今来，在这"江南锦绣之邦，金陵风雅之薮"，美称"十里珠帘"的秦淮风光带上，的确汇集着有说不完、道不尽的逸闻掌故，让这秦淮河笼罩了一层神秘而流动的幻影，漂浮于华灯映水、画舫凌波的美景之间。

是呀！假如时光要是能倒流的话，那该多好呢。

站在船头的我，又一次将思绪收起，深深地吸了一口气，啊，好清爽啊！没想到这秦淮河也蕴含了如此的气息。夜幕下的秦淮河，河水深邃，波光粼粼，一座座白色拱桥在色调各异的灯光下，风姿绰约，愈远愈艳……看到此情此景，我不禁感叹道：这是一幅多美的画卷啊！

你看，浣花桥到了！这是一座亭桥，高高的护栏上十几朵五彩织成的牡丹、玫瑰、郁金香花型等连成一个弧形的花环，倒映在水里，活像是双桥竞美。传说，六朝时，每当春暖花开，秦淮河上的佳丽们相约到此，用清清的河水洗去花朵上的泥土，以此玩耍，嬉笑打闹，成为古金陵一道风景线。

长板桥也到了！明亮的灯光下，几位穿着艳丽的女子站在长长的板桥之上，有的怀抱琵琶弹唱，有的手摇团扇起舞，有的俯首凝思，有的结伴旅游，各具风情。据说，南朝时这里已经是佳丽如云，明朝时朱元璋实行官伎制度，专门建立了富乐院。这里被开辟为教坊，成为秦淮河上歌伎们学习各种技艺的地方，才貌双全者选送宫廷以及贵族府第，其余大部分进入秦淮河两岸青楼中。桥后一首古诗写道："风流南曲已烟消，剩得西风长板桥。却忆玉人桥上坐，月明相对教吹箫。""长桥选伎"是古金陵四十八景之一，长桥也就成为南京最具风情的桥。

其实，秦淮河畔最为有名的要数"秦淮八艳"。她们的身世，至今仍在民间流传。所谓"八艳"就是八位品格极高的绝色伎女。虽然她们身处下贱，但却心忧国家，在民族存亡、正邪倒置之时，却表现出了她们的铮铮铁骨以及凌云壮志，受到了后人的敬仰。

如今，修复一新的李香君故居就出现在眼前。一座不大的二层小楼，院门洞开，门前挂着几盏大红灯笼，左边灯影打出一个牌子"李香君故居"，门楼横楣是"媚香楼"三字。透过门洞，柔和的霓虹灯下，可以看见院内不少的名人题诗。据说，都是歌颂李香君"亏了俺桃花扇扯碎一条条，再不许痴虫儿自吐柔丝缚万遭"的刚烈之气。李香君就是清代剧作家伎女的长袖善舞原本势不两立，秦淮河偏偏把夫子庙的名胜古迹、李香君故居和秦淮八艳的传说捆在一起，形成一个神话链，这就如同从石缝隙中长出的那点野花嫩芽，所以讲，十里秦淮是一条别具一格的河，是一条情到深处的河，更是一条耐人寻味的河！

这也让我想起了半个世纪以前，戴金丝眼镜、穿灰布长衫的两位文人结伴来到秦淮河，相约以《桨声灯影里的秦淮河》为共同的题目，各写了一篇风格迥异、相映成趣的游记。他们一个叫朱自清，而另一个叫俞平伯（后来研究《红楼梦》）。

半个世纪前的秦淮河，或者说秦淮河半个世纪前的桨声灯影，从他们蘸水钢笔的笔尖流淌出来，一直流到今天的书架上，让南京人家喻户晓，甚至全中国乃至全世界。这已是一条超现实主义之河，我们坐在她的"桨声灯影"下游览。甚至可能习惯地认为：秦淮河如果不是夜晚，如果没有桨声灯影，她就不像秦淮河，也就不是秦淮河了……想到这些，我不禁地感叹：秦淮河的情韵可见一斑！

穿过二水桥就是有名的白鹭洲景区。

遥遥望见洁白耀眼的激光灯下，矗立着一座汉白玉雕像，傲然挺拔，神情飘逸，这就是诗仙李白。他在《登金陵凤凰台》一诗中讲道："三山半落青天外，二水中分白鹭洲。"故今天的"白鹭洲"便取自此句。

"秦淮灵秀地，自古多风骚。"这里是文人骚客的聚居地，李白、岑参、王昌龄、杜牧、苏轼、王安石、曹雪芹、吴敬梓等都来过此地。灯影之下，我们只看到了"王昌龄夜宴处"。这是一处临水的建筑，一座宽阔的厅堂面沿河而开，门前有王昌龄亲拟的对联"门映淮水绿，月照金陵洲"，熠熠生辉。厅堂里，橘黄色的灯光下，当时任江宁县丞的王昌龄，身着一袭蓝衫，与身着红衣的李白，身着黄衣的岑参，在两个艺人的伴奏下，吟诗赋曲，载歌载舞，一展大唐盛世的文坛盛况，使我们这些诗歌、散文爱好者，恍如身临其境，感到一阵阵欣喜。据说，这里还有临近桃叶渡的保存比较完整的吴敬梓旧居，可惜我们只能远远隐约看到红灯、白墙和"秦淮水亭"四个字，无缘细观了。

当游船回到泮池码头时，已是夜里九时许。回看河里往来不断的画舫和两岸彩灯下连绵不断的古建筑，总觉得意犹未尽。秦淮河上的夜景，在皓月光芒的照射下，那种王者之都，金碧辉煌的雄气、柔肠侠骨花红柳绿的秀气和灯下咏诗文思泉涌的灵气，都深深印在我的脑海里。如果有机会，我一定会再来，逐一走访河两岸这些灯影中的古代遗迹，把一个雄浑、悠远而又多彩多姿的秦淮河完完全全地揽入怀中。

再见了，夜幕下的秦淮河！

类、爱和平、爱国家和爱民族作为其奋斗理想和目标。所以，不难看出，"博爱"这两个字，正是中山先生一生的真实写照。

我怀着对中山先生无限敬仰的心情，缓步登级，每上一个台阶，都感到寒风凛烈，正气凛然。当然，这不是新奇的亢奋，而是精神的追求。

遥想一百年前风雨飘摇的旧中国。

清政府腐败无能，对外割地赔款，对内盘剥人民，是中山先生领导的革命大军一举推翻了腐败透顶、黑暗无边的满清王朝；野心家私欲膨胀，复辟帝制，卖国求荣，是中山先生领导的亿万人民一举戳穿了根深蒂固、愚不可及的封建思想；外国列强虎视眈眈，把中国当作一个羔羊任其宰割，恣意欺凌，又是中山先生以一个伟大革命家的胆略和远见卓识，力挽狂澜，拯救中华民族于危亡之中，为中华民族的出路做出了前无古人的贡献。

其实，孙中山先生所进行的资产阶级民主革命就像这台阶一样："一路向上，只见台阶不见平台。"真是"崎岖山路苦行，荒凉沙漠艰征，千辛万苦，似如攀登一座高山"。

因此，从牌坊开始，当你穿越在 480 米长的墓道中，犹如行走在一条飘荡着历史烟云的漫长隧道，恍若隔世。一层层，一叠叠，一排排，无限向上地铺展开的台阶……分明在葱郁中掩映，又仿佛在云汉中耸立。这样一座宏大陵园、这样一种威严气势、这样一幅天宇苍茫的景象，让你惊诧不已，你不想感叹都不行。被誉为"中国近代建筑史上第一陵"，的确名副其实。

走过 480 米长的墓道，便到了陵门的平台。仰头凝望，三拱门的中门横额上是孙中山先生的手书"天下为公"。他曾经说过，国家政权不是哪一家的天下，是天下人的天下，是老百姓的天下。为此，他开始了推翻封建帝国、建立资产阶级共和国的斗争。在这场震惊世界的革命中，他亲自到国内外各地发展组织，坚定不移地宣传革命思想，使民主共和观念越来越深入人心。

1905 年至 1906 年，他亲自赴东南亚各地向华侨宣传革命纲领，募集革命经费，在一些地方创立同盟支部，使更多的人投身于反清革命斗争中来，为辛亥革命的爆发做了有力的思想准备。

1906 年至 1911 年，同盟会在华南各地组织多次武装起义，孙先生为起义制定战略方针。1907 年 12 月，镇南起义时，他亲临前线参加战斗，带领革命志士前仆后继，英勇斗争。虽然起义因缺乏群众基础，组织上不够严密而失败，但是给清政府以沉重的打击，给全国人民极大的鼓舞。

带着这种情绪，我踏过三拱门，就好像身入重围，陷进层层的历史包裹之中，顺着风儿仔细倾听，历史的回声由远及近，透过岁月的迷雾久久回响。

孙中山先生生长在积贫积弱、内忧外患的旧中国，身处一个风云变幻的乱世之秋，内有几千年封建社会的腐朽垂死，外有西方列强的野蛮进犯，整个中国都陷入半殖民地半封建的社会，而中山先生一直为民族和中国的未来坚定地寻找着自强的出路。在革命的斗争中，他经历了无数的曲折坎坷、艰难险阻，经历了痛苦的起义失败和战友牺牲，但始终坚定着必胜的信念，把推翻帝制、建立共和的伟大理想付之于惊天地、泣鬼神的伟大斗争实践。中山先生曾说过，但凡革命就会有牺牲和失败，但我们不怕牺牲和失败，即使我们失败了一千次，我们还要发起一万次冲锋；即使我们牺牲了，我们还要子孙接过我们革命的接力棒，直至将帝制推翻。在经过无数个革命的挫折和战斗失败之后，终于迎来了武昌起义的成功，终于动摇了封建帝制的根基。

是啊！这就是一种信仰、一种精神和一种执着。

走过陵门，便到碑亭。亭正中九米高的巨碑上，刻有国民党元老谭延闿的手书"中国国民党葬总理孙先生于此"，落款"中华民国十八年六月一日"，24 个镏金颜体大字。据说，当时国民党高层经过认真讨论，一致认为中山先生的思想功绩用文字是无法概括的，于是，决定不写铭文。

我默默地伫立在碑前，仔细端详着，依稀看到了孙中山先生在血雨腥风的斗争中，不顾个人的安危，在去东南亚轮船的栏杆上，自己点燃了一支雪茄，任凭蓝色的烟雾在眼前袅袅升腾，深锁眉头思考着革命的战略部署。当革命失败后，您被迫流亡国外，在英国遭到清公使馆的绑架，仍泰然自若，沉着面对复杂而危险的环境……您为了革命事业，在推翻帝制、建立共和的制高点上，以真正的天下为公之心，践行着您的政治纲领，不断完善主义，从旧三民主义发展成为新三民主义，使"三民主义"成为中国革命和国共两党合作史上永恒的光辉。

兴许这无字碑更能彰显您的伟大功绩。

一直往上，最后来到了祭堂平台。祭堂位于钟山风景区的半山腰，从博爱坊到祭堂共有 392 级台阶，其中从陵门到祭堂有 290 级台阶和 8 个大小平台。"8"为八方之数，象征着三民主义五权宪法；"392"代表着当时中国三亿九千两百万同胞。寓意着人们在攀登时，要牢记中山先生"革命尚未成功，同志仍需努力"的遗训，正是因为这句诤言不知影响了多少为真理、为国家、为民族而奋斗的后来者。不愧是建筑名家之杰作，不仅有宏伟的气势，更有深刻的含义。

祭堂是中山陵的主体建筑。它融合了中西建筑风格于一体的宫殿式建筑，巍峨矗立，华表拱卫，重檐九脊，蓝色的琉璃瓦闪着雨水晶莹的光亮，门额上分别刻有"民族、民生、民权"六个篆体大字，它代表孙中山先生提出的三民主义。中门上嵌有先生手书的"天地正气"四个大字。

走进堂内，会惊叹它又是文化艺术的典范之作。东西两壁刻有中山先生手书的遗著《建国大纲》全文。堂的正中是一尊用意大利白色大理石雕刻而成的孙中山先生全身坐像，高 4.6 米，底座宽 2.1 米，只见中山先生身穿长袍马褂，膝上放着一本展开的文卷，双目凝视前方，显示出一位伟大思想家的深沉与睿智。坐像下面镌刻着"如抱赤子""出国宣传""商讨革命""国会授印""振聋发聩""讨袁护国"等六幅浮雕。如此精心设计，把孙中山先生的革命历程具象化了，因此，它成了中山先生品格和精神的象征。

堂后有双重墓门，前门为两扇铜制门，门框以黑色大理石砌成，上有中山先生手书"浩气长存"横额。二重门为独扇铜制，门上镌有"孙中山先生之墓"石刻。进门为圆形墓室，是一座半球形的封闭式建筑，顶呈西式穹隆状，直径18米，高11米。中央是长形墓穴，上面是孙中山先生汉白玉卧像，下面安葬着先生遗体。在柔和的灯光照耀下，先生显得十分安详与慈爱。据介绍，装有先生遗体的紫铜棺的确安葬在石棺之下，不过深达5米，而且用钢筋水泥封闭。钟山就是这样紧紧地拥抱着这位香山的儿子！

　　其实，中山先生岂止是香山的儿子，他更是一位中国人民的儿子。中华民族是一个不幸的民族。华夏大地被列强任意宰割的岁月，不堪回首；一部中国近代史，不忍卒读。每当愤然掩卷之际，郁达夫说过的一句话便涌上心头："没有伟大人物出现的民族，是世界上最可怜的生物之群。"然而，中华民族又是一个有幸的民族，最终没有沦为"世界上最可怜的生物之群"。因为就在民族危亡的关键时刻，华夏大地伟人辈出，群星璀璨。其中最早脱颖而出的便是孙中山。

　　我久久地凭栏凝望中山先生的卧像，脑海里便涌现出：虽然说一代伟人系时代所造就，但时代对他情有独钟，与其经历和个人的品质是分不开的。先生在12岁时，就跟随哥哥赴檀香山就读。"始见轮舟之奇，沧海之阔，自是有慕西学之心，穷天地之想。"他面对国内政治腐败，对列强欺侮一筹莫展，先生在家乡常与好友聚集在一起，指点江山，议论时局，并于1898年12月，发出了《上李鸿章书》，结果石沉大海。从此先生抛弃了改良主义思想，走上了革命的道路；离开了香山，走向了一个更大的舞台。先生在从事革命活动中，经历了一次又一次的挫折和失败，一次又一次东山再起，就是在这种坚忍不拔的奋斗中，终于取得了辛亥革命的成功……

　　此时的我，不由得想起杜甫的诗句："出师未捷身先死，长使英雄泪满襟。"遥想孙中山先生一生叱咤风云的豪壮气派，我感慨万千，心里回响着无声的渴望与期盼，眼里却闪烁着激动的泪花。

百年沉重，百年梦想，一个世界性的革命火炬终于照亮了中国的漫漫长夜。如今，长城内外，飞驰的航船开始了壮丽的航行，天南海北，春天的风吹开遍地缤纷。一个民族的灵魂将永远与时俱进，神州大地回旋着富强文明的华彩乐章，我们已经走进了一个崭新的时代，一个面向现代化、面向世界、面向未来的中华民族巍然屹立在世界的东方！

相信您在钟山的南坡上，一定会看到，也一定能看到……

晨光下的音乐台

到过中山陵的人都会有一个共同的愿望，那就是一定要去中山陵的配套工程——音乐台看看，否则你一定会感到遗憾。

音乐台位于中山陵广场的东南角。始建于 1932 年秋，建成于 1933 年 8 月，占地面积约为 4200 平方米。在利用自然地形以及平面布局和立面造型上，充分吸收古希腊建筑艺术特点，从而创造出既有开阔宏大的空间效果，又有精湛雕饰的艺术风范，达到了自然与建筑的完美和谐统一。其建筑风格不仅简练、古朴，而且更宽阔，更气派，不愧是中西结合的杰作。

于是我决定，用步履与这座有着近百年历史的音乐台来一次亲密的接触。

第二天一大早，鸟雀不喧，没有涟漪，没有风声，万籁俱寂，我带着对音乐台的向往与好奇，便一个人来到这里观赏、感悟与思索。而我，之所以选择这样一个时间段，一个如此静谧的时刻，是因为我担心外界的喧嚣和杂乱，妨碍我宁静地独享这儿呈示的一切。因为在我看来，她绝不是一般意义上的游览之地，而是思考时空、天地、古今兴替、人与自然合一的场所。为此，她又是最庄严、最肃穆、最神圣的地方。

我，蹚过含露的草地，穿过左边绿得高贵，绿得清纯，绿得幽深的绿色隧道，独自走上三层高的舞台，站到台中的圆心处，不由自主地与大自然对起话来，谁知这一举动，立即就会获得最佳的共鸣效果。你会听到声音仿佛从你的脚下慢慢升起，从你的四周返回，嗡嗡扩大，浑厚洪亮，渐行渐远，直达穹宇。这似乎让你梦幻般感到：你正在和天庭通话。这一共鸣奇迹，是因台前的池中天然积水和台后的大照壁共同所作。由此可见，音乐台被人们誉为"我国首见"，的确名不虚传。

此时的我，也许这里的一切令我感到新奇，感到神秘，或者出于对孙中山先生的敬佩与缅怀之情。我突然感觉身入重围，陷进层层的历史包裹之中，好像听到了历史的回声由远及近，透过岁月而久久回响。

一百多年前，那个风雨飘摇的旧中国。清政府腐败无能，愚昧无知，对外割地赔款，对内盘剥人民；野心家私欲膨胀，复辟帝制，贪生怕死，卖国求荣；西方列强虎视眈眈，把中国当作一只羔羊任其宰割，恣意欺凌……就在民族危亡的关键时刻，华夏大地的一位伟人，民主革命家孙中山先生以他的胆略和远见卓识，果断而又响亮地提出了"驱除鞑虏，恢复中华，创立民国，平均地权"的革命纲领。字字句句，深入人心，如闪电雷鸣，万壑回声，皆是为国而奋，为民而争……

我好像又听到了一种声音，宛如清远的音符跳跃在琴键上，低徊辗转，渐渐地，又如水击石，清脆地回荡在音乐台的上空，响彻于我的耳边。

"我只知道共和两个字，我这一辈子就认这两个字，共和。我们有许多志士同仁为了共和连生命都献出了，我孙文此生啊，没有别的希望，就一个希望，那就是让共和不仅是一个名词，一句空话，或一个形式，要让它成为我们实实在在的生活方式，让它成为我们牢不可破的信念。共和是普天之下民众的选择！是世界的潮流。世界潮流浩浩荡荡，顺之者昌，逆之者亡。我孙文相信我们这个中华民族它一定会实现共和的！我坚信这一点。"中山先生以他特有的风度，新奇的内容，精妙的语言，不仅讲得精彩、动听，而且其深远的意义是，他的呐喊，唤醒了中国，震动了全世界。他领着觉醒了的中国人民奋起跋涉，用信念和意志的铁锤，敲响了清王朝的丧钟……

遥望历史，实际上是品味历史，感悟历史。由此让我想起了著名学者易中天曾经说过的一句话，一个民族不能忘记自己国家的历史，只有重视本民族的历史文化，这样的民族才是不忘本的。

我怀着这样的一颗敬畏之心，独自走上舞台。就在那一刹那，我眼前不由得一亮，啊！台面上竟是一枝梅花造型。史书记载，南京植梅始于六朝时期，相沿不衰，至今已有 1500 多年的历史。可以想象，在设计大师们的笔下怎么能不添上浓墨重彩的一笔呢？

事实上，古往今来，人们皆尤爱梅。因为梅花品性高洁，风雅清廉，不畏霜刀风险，傲立枝头，昂首撩绽，不羁世事沧桑，所以梅花这种精神品质，代表着坚强，蕴藏着力量，意味着希望，用在此处再合适不过了。

向前看，让我眼前一亮。晨光下的音乐台，呈 296 度的斜面犹如一把张开的折扇，多姿多彩，气魄非凡，格外吸引人。尤其是扇边上的那条宽 6 米、长 150 米呈半圆形展开的紫藤长廊，更是一道迷人的风景线。

草坪上，那沿圆心弧方向展开的三条小径，犹如宇宙中的三颗恒星行走而留下的三道痕迹，分别代表着中国人民的心底追求、民族的强大力量与胜利的信心；那沿垂直圆心方向展开的五条放射形斜坡走道，就是"明知山有虎，偏向虎山行"的那种精神，隐含着活着的人对孙中山先生追求民主自由的那种情怀与理想的致敬，因为古希腊本是民主理念的孕育之地，发祥之地，所以，引入隐喻民主理念于中国，充分体现了缔造者对于东西方建筑的深刻体悟和博大的文化视野，实在是绝妙的构思。

向后看，是一堵汇集音浪的大照壁。照壁是音乐台的主体建筑，坐南朝北，宽 16.67 米，高 11.33 米，水平截面为圆弧形。照壁仿中国传统五山屏风墙，表面采用水泥斩假石镶面，精雕细刻，棱角分明。其上部及两侧，刻有云纹图案随山墙之起伏而错落布局，宛如跃动的音符，上下起伏，让人从不同角度感受它与自然的和谐之美。但更有创意的是，云纹图案下镶有三只石龙头，突出于墙体之外，犹如神龙见首不见尾，活灵活现。尤其是从石龙嘴中吐出的水就如同喷泉一样，凌空而下，准确落入台下的池中。

照壁的下部，为中国宫殿式的须弥座，庄严稳重，上下出涩，以莲瓣为饰。上为仰莲，下为覆莲，中为束腰……雕刻得淋漓尽致，真是巧夺天工。

存了心思，就得慢慢细看。我向前迈了两步，走到台边，俯身看池，果然月牙池中积满了水。

在这里工作过的一位老人告诉我，为什么在舞台前要设计这样的一个月牙形的水池？他讲道，乐坛前这个半径为 12.67 米的半月形水池。一方面用来汇集露天场地的天然积水，保证一池碧水终年不涸，睡莲成片，鱼儿嬉戏，显出了淡泊宁静，成为一景。但更重要的是台上的讲话声一旦发出，就会沿着光滑的台面向外传播，遇到回音壁的反射，只需极短的时间就能迅速返回，和原声汇集音浪，在水池的作用之下，便形成了空谷悠悠、余音绕梁的扩音效果。这就如同中国传统剧场舞台下埋设大水缸的作用一样，其道理大约相同。现在可以想象，要有这种奇异的音响效果，需要怎样一种独特的睿智和精密的匠心！

我穿过草坪，来到紫藤长廊，在花盆之间的石凳上休憩。

原来，长廊中，种有紫藤的花木，藤蔓攀柱而上，绕梁缠柱，布满了整个廊架。一朵朵，一串串，一簇簇，组成了一道花墙。它与身后无边无际的绿色相抱相拥、融为一体，真是浑然天成，相映生辉，充分展示了音乐台的英姿、音乐台的力量和音乐台的壮美，更是唤醒了原本寂寞的音乐台。这样的情景，如梦如幻般地令人感叹，令人陶醉。我感叹道：这是一幅多美的画卷啊！这究竟是插花艺术，还是我的一种梦幻呢？

答案是，什么都不是。

今天看来，虽然音乐台称不上是建筑中的世界绝品，但在国内的露天音乐台中却是独一无二的。无论你随便从哪个角度，是从前、从后，还是从左、从右，审视她的形体与造型，观察她的色彩与光度，端详她的螭首、云纹与线条，都会获得一种尽善尽美的视觉享受，的确是视觉艺术、景观文化的典范。百看不厌，越看越爱看。

是啊！音乐台虽然历经近一个世纪的风雨，洗尽铅华，略显沧桑，但仍像一颗闪烁的明珠，傲然镶嵌在中山陵的东南之隅，向一代又一代的后人倾诉着历史的血泪和辉煌。

由于公务在身，我压短了游览的时间。意犹未尽的我，当走到门口时，还是本能地回首遥望：晨光氤氲，远方，旭日渐渐东升，一群美丽的白鸽在蓝天下，无忧无虑地在天际遨游飞翔。似乎就在此刻，我好像隐隐约约听到了一首感人的赞歌，宛转悠扬，穿越空旷的原野，踏过艰辛的每一步，萦绕在紫金山的上空，萦绕在如梦如幻的意境里，萦绕在释怀的生命里……

这倒让我想起了一句话，有人讲，"如果说，雄伟的中山陵是一曲英雄的颂歌，那么，依偎在中山陵脚下的音乐台就是一首隽永的小诗"。

我深以为然，并且坚信音乐台这首小诗永远会被人们吟唱着！

明孝陵

五月的暖风中，有着"六朝古都、十朝都会"之称的南京，也缓缓地铺开她的历史，让我们饱尝了不一样的古城景色。同时又因历代风云际会，给这座城市留下了难以数尽的古迹。

除了曾无数次行走的那一条中山大道，穿起民国的风云百态；这座城，还有多少南朝往事，多少故王将相，携带着无尽的沧桑隐没于时光深处，渐行渐远；更有那傲居"中国帝陵"之首的明孝陵，她不仅是明太祖朱元璋与其皇后的合葬陵墓，更是将唐宋帝陵"依山为陵"的方坟创为圜丘新制，达到了天人合一的完美高度。

明孝陵，位于南京市玄武区紫金山南麓独龙阜玩珠峰下。整个陵区面积达 170 余万平方米，是中国规模最大的帝王陵寝之一。

史料记载，明孝陵始建于明洪武十四年（1381 年），先后调用军工10 万人，历时 25 年，至明永乐三年（1405 年）建成，距今已有 600 多年的历史。

据讲，在动工兴建陵区的第二年（1382 年），马皇后便去世，于当年的 9 月葬入孝陵。时隔 16 年，到了明洪武三十一年（1398 年），明太祖朱元璋在应天府崩殂。由于他对马皇后感情至深，在她去世后再也没册立皇后，所以，朱元璋死后一定会与其合葬。

那又为何称作"孝陵"呢？有两种说法：其一是因皇后马氏谥号为"孝慈"；其二是因朱元璋主张"以孝治天下"。故取名为"孝陵"。就在朱元璋病故的后续几年，到了明永乐十一年（1413年），又建成了"大明孝陵神功圣德碑"，陵墓的兴建才算真正停止。为此，明孝陵不仅墓主显赫、规模宏大、形制独特、建筑雄伟，陵园内更是享殿巍峨，楼阁壮丽，松涛林海，景色幽雅，南朝七十所寺院有一半被围入禁苑之中。故而"明清皇家第一陵"也成了中国传统建筑艺术文化与环境美学相结合的优秀典范。

久而久之，随着历代王朝的兴衰更迭，具有几百年历史的明孝陵也历尽沧桑，屡毁屡修，屡毁屡建。

巍巍的明孝陵，背依在山清水秀的环境之中，风光无限，人文与自然景观浑然天成。她以跨越时空坚忍不拔的力量，苦苦固守着一个民族灵魂的精神家园。

朱元璋自幼贫寒，曾为地主放牛。他生长在濠州钟离孤庄村（今安徽凤阳）的一个贫农家庭，家里排行第四，家族兄弟排行第八，所以叫朱重八，后改名朱元璋。由于家里贫困无法读书，朱元璋从小就给村里的地主放牛，以此为生。

1343年，他面对元朝统治腐败残暴和频繁的自然灾害，在走投无路的情况下，于次年投奔了皇觉寺的高彬和尚，剃度为僧做了小行童。就在朱元璋25岁的时候，他意外地收到了儿时伙伴汤和的来信，邀请他参加郭子兴的义军，于是，他欣然同意，加入了红巾军，由此成为一名将士。经过20多年的战争洗礼，他逐渐晋升为镇抚、总兵官、副元帅等官职，最后建立以应天为中心的根据地。于1367年，朱元璋命令徐达、常遇春两名将军，以"驱逐胡虏，恢复中华"为号召，率军25万，北伐中原。次年，在南京，朱元璋也成了明朝开国皇帝（国号大明，年号洪武），标志着明朝取得了在长城以内地区的统治权。

登基后，朱元璋鉴于元末的混乱，重视百姓休养生息，下令农民归耕，鼓励军民开垦荒地；大搞移民屯田和军屯；组织各地农民兴修水利；大力提倡种植桑、麻、棉等经济作物和果木作物；减轻赋税，赈济灾荒；下令解放奴婢；惩治腐败；派人到全国各地丈量土地，清查户口；等等。因此，社会稳定，文化繁荣，国力强盛，史称洪武之治。

　　不仅如此，朱元璋更是一位治国有道、改革有方的杰出帝王。在中央废除中书省，不再设丞相；在地方废除行省制，设立承宣布政使司、都指挥使司和提刑按察使司等三者既独立又互相牵制的行政管理体制，来加大中央集权的力度，更有效实施政治统治和统一多民族国家。除此而外，他在文化上抓教育，兴科举，育人才；军事上实施卫所制度，从而也为明朝打下了近三百年的基业。

　　所以，历代史书和名人都不乏对朱元璋历史功绩有记载与评价。

　　《明史》赞曰："太祖以聪明神武之资，抱济世安民之志，乘时应运，豪杰景从，戡乱摧强，十五载而成帝业。"康熙帝立碑"治隆唐宋"赞誉朱元璋。还说："洪武乃英武伟烈之主，非寻常帝王可比。"毛泽东说："自古能君无出李世民之右者，其次则朱元璋耳。"总之，朱元璋在历史的传说中是一位创设制度、典章的先哲，前所未有，因此，一直受到历朝历代炎黄子孙的无比敬仰。

　　《明太祖朱元璋（上）》一书中讲道："朱元璋出身于一个贫苦家庭，从社会最底层的放牛娃、四处讨饭的小和尚，全靠自己的奋斗成了一个统一王朝的开国皇帝。这是中国历史上，乃至世界历史上绝无仅有的事情。另外，朱元璋当上皇帝后，也没有停止步伐，他在位三十多年，成功地建立一个强大统一的明帝国。"书中盛赞朱元璋皇帝的丰功伟绩。

　　走进明孝陵，但见陵地视野开阔，满目苍翠，泉壑幽深，紫气升腾，阳光融融，和风冉冉，浑然充满神秘气息的风水宝地，使整个陵园幽静秀丽，蔚为壮观。不过最为引人注目的却是与众不同的墓区布局。

　　自汉朝以来，中国历代的帝陵均依山而建，地宫、享殿、神道均呈现中轴对称分布，而明孝陵的神道与陵寝并不在一条直线上，是将神道拐向西南方向，环绕梅花山延伸，形成一个弯曲的形状，使整体布局为"北斗七星"天象形状：弯曲的神道为斗柄，陵寝建筑为斗身；下马坊、大金门、神道望柱、棂星门、金水桥、享殿、宝城等七个主要建筑构成"北斗七星"。传说，朱元璋在生前对天象就十分崇仰，因而要将自己的陵墓营造成"北斗七星"的格局，以体现"君权神授""魂归北斗""天人合一"的效果。现在看，这或许是设计者与当事人的一种巧合吧！

就在迈入明孝陵的那一刹那，我果然发现，她的规模真的如此之大。据讲，周长达 50 华里。

下马坊是明孝陵的入口处。踏进陵区就可以看到迎面而立的一座二间柱的石牌坊，上面刻有"诸司官员下马"六个楷书大字。意思是讲那时的文武官员到此必须下马步行，以示对皇帝朱元璋的尊敬。

大金门是明孝陵的正门。它由三个券门洞组成，建筑黄色重檐，雄伟壮观，红色墙堰向东西延伸，气势恢宏，富有民族传统风格。跨入正门，一眼就见到 70 米处碑亭，俗称"四方城"。城内有一座巨大的龟驮石碑，刻着朱元璋四子明成祖朱棣亲笔撰写的"大明孝陵神功圣德碑"，碑文记述太祖一生功德，全文长达 2746 字，每个字都有拳头大小。

经过四方城，跨过御河桥，便是明孝陵的神道。

神道为导引建筑，由东西向的石像路和南北行的翁仲路组成。其道完全沿地形、山势而建，不仅路面平坦宽阔，而且还蜿蜒曲折。

在神道中，石像路最具特色。全长 615 米，依次排列着狮子、獬豸（独角兽）、骆驼、大象、麒麟、骏马等六种瑞兽。夹道迎侍，或立或卧，两两相对，栩栩如生，共 12 对 24 只，并且每一种石兽都有其特别的寓意。如果你用心去看，你会发现，所有的石兽都采用整块巨石圆雕刻成，线条流畅圆润，风格粗犷，既示意着帝王陵的崇高、华美，又起着保卫、辟邪、礼仪的象征作用。据导游介绍，这六种石兽中，"象"为最大，重达 80 吨，在这黄泥路上居然 600 年都岿然不动。近年考古才发现，原来石像身下都铺垫有完整的六朝砖。其实仔细想来，在当时那种落后的生产条件下，在这不足千米的石像路上，一砖，一石，一斧，一凿，能制作出如此巨大精美的石刻，需要凝聚古代贫苦工匠们的多少血汗和智慧？

石像路尽头，神道折而向北，便是翁仲路。道旁遍植名贵柏松，分列 8 尊人石像，亦两两相对，分别为两对文臣，两对武将。文臣手持朝笏，峨冠博带，肃穆儒雅；武将手握兵器，身披盔甲，庄严威猛。一个个惟妙惟肖，活灵活现，目不暇接，好像就是一列列整装待发的兵群，即将出征沙场，用行动来保卫明朝的统治地位。

穿过棂星门，跨越金水桥，向北 200 米，顺坡而上，即进入陵寝主体建筑。

文武方门是孝陵主体建筑的正门。朱红大门坐北朝南，黄瓦红墙，三大拱门。

进入大门便是一座三开间的碑殿。只见碑殿正中竖立着 5 块石碑，尤其中间一块最为醒目，上书"治隆唐宋"四个鎏金大字，为清康熙帝御笔。据说，康熙曾五次拜谒明孝陵，这四个字是他于康熙三十八年（1699 年）第三次谒陵时所题，意思是颂扬明太祖治国方略超过了唐太宗李世民和宋太祖赵匡胤，并下旨命江苏巡抚宋荦、江宁织造郎中曹寅（《红楼梦》作者曹雪芹的祖父）会同修理，立石制碑，以垂永久。

过碑殿，北上 55 米为享殿。享殿原名孝陵殿，于洪武十六年（1383 年）建成。导游告诉我们，现在看到的是清同治十二年（1873 年）重建的享殿，殿为 3 间，檐高 3.11 米，长 11 米，进深 7 米，规模比原来的孝陵殿要小得多。而殿内中间挂着的是朱元璋和马皇后画像的复制品。至于朱元璋的相貌，至今说法不一，孰是孰非，仍是个谜。

继续前行，经过升仙桥，即到方城，接着拾级而上，眼前是一座长满绿树的高大山丘，这就是宝顶，也称宝城。

宝顶就是皇帝之寝，历史悠久。它近似圆形，直径约为 400 米，依山势高低起伏。宝顶上长满了参天大树，高大挺拔，郁郁苍苍。那些紫色和浅黄色的野花，摇曳在坟墓之上，亘古深远的寂寥，如烟岚弥漫开来。据专家讲，这座地下宫殿的建筑规模必定大于北京昌平十三陵中已发掘的第十个陵墓"定陵"。但由于种种原因，至今未能得到发掘，一旦发掘，必将又是一大奇观。

从左上行，便到达城顶——明楼。明楼是一座宫殿式建筑，拱门共有6个，南面3个，东、西、北三面各1个。其建筑可谓是金碧辉煌，重檐翘角，气势磅礴。特别是门上图案别具一格，每扇门上面的门钉为9行，每行9颗。"9"是至阳之数，表示至高至上至尊至贵，这也就意味着这儿是通向"九重天"的地方。由此可见，全以九的倍数的建筑构件造成，需要怎样一种旷古的智慧和精密的匠心。

站在明楼前的我，犹如登上了一艘航空母舰宽阔、绵长的甲板。此处高耸的殿体，便是航母上的瞭望台。这般颀长的航母，在碧翠的古柏海洋里航行，使你感到天高地阔，坦荡壮美，心旷神怡。整个陵园山环水绕，树木葱茏，绿意盎然，红墙黄瓦，跌宕起伏。从高处望去，你简直感觉不到她在流动，那是一种安静的镶嵌，像一块温润的翡翠。而那些古建筑，在山水的陪伴下，显得更加古朴凝重，游人至此，无不肃然起敬。

久久站着，我反复端详着这雄伟的古建筑，相看两不厌，沉默无语，流连忘返。还是那位哲人说得好：世上最美好的事物是无法描绘的，对它只能去感受、去体悟。

第二辑　园林·苏州

　　素有"上有天堂，下有苏杭"之称的苏州，的确承载了文人墨客太多的想象与乡愁。我甚至在解读他们的作品时，就认定他们是对姑苏有着浓烈兴趣的人，否则他们的笔下怎么会出现几百年前，像王献臣这样营造一片"城市山林"的人呢？在我看来，他们真的读透了古典园林的建筑风格，用诗情画意，用文人的情怀与情味，营造出拙政园的一片天地……

闲庭信步拙政园

"流水断桥春草色，槿篱茅屋午鸡声。绝怜人境无车马，信有山林在市城。"这是明代画家、书法家、文学家文征明以苏州为题，以"拙政园"为歌咏对象，用独特的"诗、书、画"三位一体的艺术表现形式，抒发其赞美情怀而写下的一首七绝之诗。不仅如此，史料还记载，明清两朝，就有众多的各派名宿都曾在这里诗酒流连，如文坛盟主钱谦益，江南名媛柳如是，著名诗人吴梅村，以及书法大家何绍基等许多见于文学史志的人物，都曾以拙政园的风物为题，先后留下了文采风流的题咏。

是啊！素有"上有天堂，下有苏杭"之称的苏州，的确承载了文人墨客太多的想象与乡愁。我甚至在解读他们的作品时，就认定他们是对姑苏有着浓烈兴趣的人，否则他们的笔下怎么会出现几百年前，像王献臣这样营造一片"城市山林"的人呢？在我看来，他们真的读透了古典园林的建筑风格，用诗情画意，用文人的情怀与情味，营造出拙政园的一片天地，使拙政园一举成名，在中国古典园林中，她与北京颐和园、承德避暑山庄和苏州留园一起被誉为"中国四大名园"。

拙政园建于明正德初年（16 世纪初）。据讲明朝正德四年，也就是

1509 年，在京城做官的王献臣，是苏州人，因仕途失意而弃官归隐家乡，回到老家后，他用重金买下了 200 余亩土地，梦想构筑城中的"山林"，以安度晚年。于是，受王献臣之邀，在诗文书画诸多方面都有着极高造诣的文征明，便参与了拙政园设计与策划。就这样，历时 16 年，一座诗书画与园林建设融为一体的"拙者之为政也"（潘岳《闲居赋》中的一句）的园林便在苏州城中诞生了。距今已有 500 多年的历史。

盛世造园，是历史彰显园林名城的记忆。世上几多园林兴于治，废于乱，成了朝代更迭的见证。治则兴，乱则废，是园林的不二选择。拙政园却非常有幸，在随后的数百年当中，这座集"山水相映、亭台密集、回廊连横、花木扶疏"为一体的宅园，虽然在王献臣死后，没想到因他儿子的一夜豪赌，便在转瞬之间，将他精心打造的这份偌大的家业，拱手让给了徐氏家族。从此，名园易手，园林的主人更换达三十余姓。而每一位园林主人，都要根据自己的喜好对她进行一番修葺整建。有人赋之以朴素，有人赋之以简约，有人施之以奢华，直到解放回归国有。尽管在那些充满荣衰兴废的岁月里，这座居所，走过了风风雨雨，命运无常，但在沧桑之中仍然透露出江南水乡特色的那种文化气息和来自大自然悠久积淀的那种无尽之美感。正因为如此，1961 年 3 月，拙政园被列为首批全国重点文物保护单位，1997 年被列入《世界文化遗产名录》。

那么，拙政园为什么会景致之秀美，冠绝全国呢？在我看来，是水的缘故，以水为主，取水做景，水物交融，因水而成园，是一座近乎自然风景的园林。

的确如此！在《王氏拙政园记》中有这样的记载"居多隙地，有积水亘其中，稍加浚治，环以林木"，原来这里是一处低洼的荒野之地，并且常年"水亘其中"。想到这里，我的脑中自然会蹦出这样一个问题，购这种地，是当时文征明的主观意识，还是条件的限制而迫于无奈地选择呢？经多方资料的查阅，均无答案。唯有那篇文章《拙政园水系理解》，它是这样解释的：以"中亘积水，浚治成池"为造园的主要思路，并对其进行布局，形成弥漫处"望若湖泊"，疏朗自然、清新旷远的风格。其实，它所阐述的内容仍然与择地无关，只是说明了因地制宜、利用场地低洼多水的特点，将"亭台楼阁、泉石花木"组合在一起，模拟自然风光，创造出"城市山林""居闹市而近自然"的理想空间。简单地讲就是对自然水体的利用和再创造。

其实，于今天的人们而言，再"打破砂锅问到底"追究几百年前王献臣的择地之事，已经毫无意义了，就是有其结果，又能咋样？

由于造园艺术家精心的设计与策划，"园之极致"的人间奇迹终于出现在世人面前。

占地78亩的拙政园是一座典型的宅园合一。宅园皆有，宅中见园，园中见宅。所有建筑，行如流水，衔接自如，形神兼备，其形与神都与天空、地面、地下自然环境相对应、相吻合，与山石、古木、绿竹、花卉，构成了一幅幽远宁静的画面。正如有人所说，拙政园酷似我国古代文学巨著《红楼梦》中所描述的大观园，不妨去探寻一下大观园的影子吧！

整个拙政园分为东、中、西三部分。

东花园开阔疏朗，追求田园之味。它以平冈远山、松林草坪、竹坞曲水为主，配以山池亭榭。其间，坐落着因一年四季仿如秋风送来的稻谷清香而得名的秫香馆；坐落着"独立天地间，清风洒兰雪"（李白的诗）的兰雪堂；坐落着形态自下而上渐壮，其巅尤伟，石身苔藓斑驳，藤蔓纷披，古意犹存，又如云状，岿然独立，旁无支撑的缀云峰……

然而，"归田园居"中最令人忘怀的却是涵青亭。它犹如一只展翅欲飞的凤凰，灵空架于水波之上。倘若伫立此处，观池中游鱼戏水，不觉一番意趣。再向前看，沿亭两侧展开的副亭，如雾中看花，似廊非廊，虚实相间，这给本来单一、直白的墙体增添了不少的韵色。

这般亭子，名字如诗意古画，不知谁家小姐，手持小扇，斜倚亭边美人靠小坐，天光云影水间，看锦鲤遨游，荷莲轻荡。犹为美哉！

其实，这些都出于工匠之手，巧妙安排。能这般看景，的确别有趣味——都是因为有了芙蓉榭!

芙蓉榭位于兰雪堂之北,前有一池荷花,取名芙蓉,故水榭之名由此得来。而在拙政园中,荷花却是它的主题形象,因为自打露出圆圆的嫩叶,直到开放出娇艳欲滴的千花万朵,始终都散发着诱人的魅力,即使到了花残叶败,它也依旧诗意盎然,正如唐代诗人李商隐所讲那样"留得残荷听雨声",实在是美不胜收。

这致景中,你还会看到水榭更为秀美精巧。卷棚式屋顶,形如飞鸟展翅,轻盈活泼,一半在岸,一半伸向水面,凌空架于碧水微波之上,立水而站,犹如一名战士,守护着这方天地。而它又恰好与西面刻有花雕的圆光罩,东面的落地罩门和南北两面的古朴窗格,相映成辉,颇有古雅书卷之气……由此可见,这里所拥有的一切,似乎都沉醉于古亭楼宇间,并且满眼自然风光、疏朗旷逸,满耳清风鸟语、送来淡淡荷香,这就是"归田园居"的风格,犹在幽美。

在拙政园中,中花园更为精美华丽,一派典雅之姿。正如众人所说,这中花园乃为拙政园主景区,精华所在。

江南是水乡,苏州是水城,而拙政园所突出的主题,便是水。所以,水在拙政园的中部,占据着三分之一,而且,十有八九的建筑物都与水为邻,亭榭楼阁皆临水而立,倒映水中,相互映衬,好生妙意!也由此让我想起了当年文征明在介绍各个景点时,所讲的那样:"凡诸亭槛台榭,皆因水为面势。"当年的积水,看似是造园之大患,但是那些文人、才子、能工巧匠们却巧借水势,借水造景,以水衬景,化患为利,让各个亭槛台榭,或面水而建,或浸润在水中,或凌驾于水上,以致处处显示出水的灵气与秀气,这就是江南园林的独特风格与魅力。

这里有寄托文人理想与情操的香洲;有洞环洞、洞套洞,构思巧妙别致的梧竹幽居;有"听松风处"的松风水阁、早春赏梅的冬亭;还有苏州园林中极为少见的廊桥——小飞虹和前后相映而种植不同植物的听雨轩;等等。园中的每一座建筑,每一个景点,不仅都有一个富有寓意的名字，而且都有品味不尽的韵味。

远香堂，就取宋代周敦颐《爱莲说》中的"香远益清"之意，堂名因"出污泥而不染"的荷花而得名。堂北平台宽敞，池水微波粼粼，出水荷花亭亭净值，许许清香，沁人心脾；堂北的隔水池与东西两个山岛遥遥相望，林荫藤影，倒映池中。偶见，听飞鸟柳荫间谱曲，如飞珠溅玉，伴花香飘浮，倒是人生一大趣事；堂西的倚玉轩与"舫"式的香洲遥遥相对，连同北面的荷风四面亭三足鼎立，不管你站在什么地方，哪个角度，走到哪一面，你都可以或近观，或远观，或俯观，让你随势赏景，颇有一种置身人间天堂的味道。"舟遥遥以轻扬，风飘飘而吹衣。"此时，用陶渊明的这段诗句来形容这样的心态再准确不过了。

玉兰堂又是花园中一景，因堂前有数株高大的广玉兰而得名。它坐北朝南，高大轩敞，是一处独立封闭的幽静庭院。但最为让人惊喜的是，玉兰堂的南墙就好似一幅天然图画，以大自然为原色，用藤勾线，以草为叶，藤蔓盘延，枝如游龙，蓄发新枝，尤其是红彩点点的小花朵，有的含苞待放，有的舒展而开，有的花苞初绽……恰巧与墙下的天竺、竹丛、玉兰、桂花等融为一体的花坛交相辉映，构成了一道亮丽的风景线。

此外，素有"林木绝胜"著称的拙政园，数百年来一脉相承，沿袭不衰。在枇杷园中，能够会逢垂枝的硕果；在玉兰堂前，能够看到临风的玉树；在海棠春坞，能够观赏海棠的美艳；还有五彩缤纷的杜鹃、天香国色的牡丹、光昌流丽的茶花、经霜耐冷的菊花、雪后奇香的梅花……随处可见，应有尽有，大可供人观赏，供人吟味，也正是因为有了这些花事，才孕育了拙政园一年的万紫千红。

可想而知，这样的构思与铺排，需要当年设计师们一种怎样的旷古智慧和精密匠心！

如果说东园是起始，中园是高潮，那么西园就是如我思绪，该谢幕了。但"别有洞天"四个字却吸引了我，我想探去前方，到底西花园有哪些玄机妙意？

从南段进入，这里的起伏、曲折、凌波而过的水廊、溪涧，是拙政园造园艺术的最得意之笔。特别是那道水廊，又称"波形廊"，看似桥却又非桥，让人难以捉摸。从外看，临水而筑，依水势作高低起伏、曲折有致的幽径桥段，的确是桥。但其桥身又赋予白墙灰瓦，几处洞窗，刻有花雕，如是探洞望去，犹见中园美景。倘若回首，又正是"廊桥"上的惊叹。这般借墙为廊，以廊成桥，如此妙哉，让人兴叹。倘若远看，更似长虹卧波，气势不凡中透露出一股姑娘家的秀气。而事实上，它却是中、西花园交界处的一道水廊，由南往北。它不但连接了南北两岸的景点，而且又以自身的一种波纹的韵律，形成了拙政园中少有的奇特景观，用"少见的佳构"来比喻，一点也不为过。

不远处就是一座美轮美奂的花厅。

这座花厅为西花园的主体建筑。其整体分作两半，一半在南，因庭中旧时种有山茶十八株，而曼陀罗就是山茶的别号，故而得名"十八曼陀罗花馆"。另一半在北，为"三十六鸳鸯馆"，前临池沼，养着文羽鲜艳的鸳鸯，成双作对地在那里戏水，悠然自得。池中种着白莲，让鸳鸯拍浮其间，构成了一幅美妙的画面；正如宋代欧阳修咏莲词所谓"叶有清风花有露，叶笼花罩鸳鸯侣"，真是相得益彰，而大可供人观赏，供人吟味的。

不过在这座花厅中，最让我念于遐想的是三十六鸳鸯馆。馆内不仅陈设考究，而且装修也很别致。内顶采用拱形状，既能遮掩梁架，达到美观之效，又能利用弧形顶棚来反射声音，增强音响效果，使得余音袅袅，绕梁萦回。于是，我忍不住，就地喊了几声，果不其然！这一举动，立即就会获得最佳的共鸣效果。这声音仿佛从你的脚下慢慢升起，从你的四周返回，嗡嗡扩大，浑厚洪亮，渐行渐远，直达上空……不仅如此，如果你透过蓝色玻璃窗观看室外的景色，犹如一片雪景。

与谁同坐轩，又是西花园一景，也称作"扇亭"。因苏东坡有词"与谁同坐，明月，清风，我"，故取名为"与谁同坐轩"。如果独立看它，这亭本是僵直、沉闷，单一的白色调，配上青灰瓦片，似乎让人失望，更有悖于西花园的景象。然而，那些巧夺天工的工匠技艺，却力挽狂澜，将亭墙做成扇形空窗，一个对着"倒影楼"，另一个对着"三十六鸳鸯馆"，而后面的窗中正好映入山上的扇亭，使这没有生命力的扇亭，扭转乾坤般的富于弹性与活力，具有层次感和绝色美景……

"奇园美宅，极有隐逸之趣"的西花园，如此美哉！其实也不失于中园。

继续北行就到了留听阁，那是西部尽头处。此阁不仅窗户挂落，精雕细刻，剔透玲珑，而且就连阁名，也是从"留得残荷听雨声"的古诗句上得来的。假如此时正是秋雨秋风的时节，你不妨坐在这里小憩一会儿，也许就会听到残荷上淅淅沥沥的雨声，此时你更能体会出中国古典园林的人文情味。

当然，即使此时此刻听不见或没有那种"听雨声"，静幽宁和的拙政园，已经让你远离了一切纷扰，用园中的花草树木、山水云天等自然情缘，"哑"出生活的"原汁原味"，让你感受这份安静，享受这份舒适，品读这份意境，化景物为情思，产生美感，获得精神满足。以致你不管走到哪里，一旦看到东方的亭台楼阁，看到江南的小桥流水，就会想起这座中国名园，被誉为"天下园林之母"——拙政园。

静读留园

写完中国四大名园之一拙政园后，对这座园林城市的好奇却又重了一层。我似乎感到在厚重的历史尘埃之下，苏州的那些园林从宋代起，经元、明、清的千余年来，不仅没有衰败，反而使许多独树一帜的私家园林如雨后春笋遍布古城内外，使苏州成为中国最为著名的历史文化名城，这也让我有一种渴望穿越其中的迫切。

于是决定，信步苏州园林，静读留园。

留园，系全国四大名园之一。1961 年，留园被国务院公布为第一批全国重点文物保护单位。1997 年，又被联合国教科文组织批准列为世界文化遗产。

走进大门就是走进了艺术的殿堂。顺着五十多米的曲折走廊，穿过金玉满堂、古木交柯，留园便慢慢地向您露出美丽、动人的面容，娓娓动听地讲述着这座名贯古今园林的奥秘。

400 多年前的明代嘉靖年间，曾为太仆寺少卿的徐泰时，因得罪了权贵，而被罢官回到苏州，回家后不久，便修建了东、西花园，而东园就是留园的现身。到了嘉庆年间，曾任广西左江兵备道的吴县东山人刘恕，辞官回家后，买下了渐废的东园，以故园改筑，并取"竹色清寒，波光澄碧"之意，将园名变为"寒碧山庄"。可因主人姓刘，人们则还是以"刘园"或"刘家花园"称之。

直至同治年间，园主更换，常州人盛康便又购得，重新扩建，修葺一新。因历史的战火未及其中，一代名园很幸运地保存下来，故取"刘"与"留"的谐音，命名为"留园"。正如著名文学家俞樾在《留园记》中称赞的："见其泉石之胜、花木之美、亭榭之幽深，诚足为吴中名园之冠。"致使留园美名盛誉天下。

苏州的园林，有"城市山林"的称誉，在这座千年古城里，几乎所有的园林都是由建筑、假山、水池与花木组成。然而，她的组合如同戏法人人会变，只是巧妙不同。就在这里，历代的造园将士们创造了各具特色的苏州园林艺术的大千世界。"不出城廓，而获山水之趣"，这个造园宗旨在不足两公顷的留园里得到了充分的体现。中部的山水，东部的建筑，北部的田园，西部的山林，在园林众多的苏州唯有留园有如此丰富的景色。

中部是全园的精华。挖池堆山，形成了"池溪为山，池中建筑"为主的布局。这黄石池湖，山水交融，湖色秀风，色彩明快，自成一格，极富自然野趣，不愧是明代造林叠山名家周秉忠之手笔。

从爬山廊道上去，山的最高点是可亭。可亭，"停也，道路所舍，人停集也"（《释名》）。寓意是此处有景可以停留观赏。有这样一副吟诵可亭的对联："园林甲天下，看吴下游人，携酒载琴，日涉总称彭泽趣；潇洒满江南，自济南到此，疏泉叠石，风光合读涪翁诗。"联语将留园的山水之美和黄庭坚笔下的写景诗并称，景美诗美，相得益彰。确实可心，加之清风拂来，不禁让人感到其中的意味。

走过这方假山，便是雅致的"闻木樨香轩"。轩为方形，依廊而建，后倚云墙，单檐歇山造，因四周遍植桂花而得名。从这里放眼望去，涵碧山房、明瑟楼、绿荫轩、曲溪楼、西楼、清风池馆等园林建筑都掩映于山水林木之间，错落有致、进退起伏，尽收眼底。那池中的堂馆楼阁，飞檐翘角，造型活泼、灵活多变；明纹窗帘，古朴淡雅；石包土山，峰峦起伏，中涵山涧；悠悠古树、澜澜碧水、山光倒影、游鱼戏水。再现了《留园记》中描绘的"凉台燠馆，风亭月榭，高高下下，迤逦相属"那种迷人景象，同时也充分体现留园的"泉石之胜、草木之美、亭榭之幽胜"和古代造园家的高超技艺、卓越智慧与江南园林建筑的艺术风格和特色。正是因为他们的巧夺天工，才使这座园林有如此的美丽、风流与动人。

我带着这样的感悟，在园中漫游、静读与思索，不经意便来到了五峰仙馆。

五峰仙馆是园内的主厅，也是东部的主体建筑之一。因园主得文征明停云馆藏石，取李白《望庐山五老峰》之诗："庐山东南五老峰，青天削出金芙蓉"句意而得名。它是苏州园林中最大的一座清代建筑。因为梁柱、家具都用楠木制作，故又称楠木厅。精美的装修，典雅的陈设，较之皇家宫殿别有一种富丽堂皇的气派，造园建筑学家们围绕"楠木厅"这个中心，创出了一个特色各异的庭院佳作。

在东部的园林中，还有一个自成体系的庭院，别看它不露声色，其中妙趣却耐人寻味。院中的几块太湖石峰，像有面带微笑之感，几乎在给您行拱手礼，欢迎您的光临！这就是取以宋代朱熹的诗句"前揖庐山，一峰独秀"之意而命名的"揖峰轩"。这里不仅环境幽雅、秀美如画，而且更是好友读书作画、抚琴弈棋的好地方。假如您下次来时，不妨在此与您的朋友杀上几盘，相信一定会有那种"结庐在人境，而无车马喧"的隐逸情调。

重重门户，深深小院，是留园中的一大亮点，只要您一迈上路石却又见佳境。

在走过有鹤所、石林小院、还我读书处、林泉耆硕之馆等一组庭院群后，让我难以忘怀的却是留园三峰中的冠云峰。

冠云居中，瑞云、岫云分立左右。据说，当年刘恕惜爱湖石，喜积十二峰置于园中。然而，盛氏人并不满足，花了二十年建了"瑞云、冠云、岫云"三峰，又以"冠云"为最。因为它身材修长，形貌潇洒，玲珑剔透，四展如冠，充分体现了太湖石"瘦、漏、透、皱"的特点，故名"冠云峰"。相传为宋代花石纲之遗物，其高大为江南园林中湖石之最。正是如此，无论从哪个角度去观赏，都气度非凡，精美绝伦，不愧为太湖石中的绝品。

凡此种种，这里的建筑，清丽明快，潇洒飘逸，冠云楼、冠云亭、冠云台、仁云庵、浣云沼都有一个"云"字，真可谓为"云"而生，那些造园家把这里比作"云中群阁"，将想象与现实交融成真，组成一个奇妙的场景，让人神往，流连忘返。

"山重水复疑无路，柳暗花明又一村"，这里又向人们展示了另一种景象。漫步在这绿色的长廊上，两色树影，庄重苗条。这儿的竹叶花草、假山水池、树荫小屋，自然朴实，显得更为悠闲自在、轻松随和。

其实，读到此处，于我而言，对园林艺术的赏析，讲究的是静下心来，品读意境，在具体、有限的园林景象之中，融入对古代风雅的体味和与大自然的交流，并取得净化心灵的美感享受。而这种美感的获得却又来自对外界、对园林的观察和理解，才使来到这里的人们，从不同的层面得到了审美的愉悦。

是啊！这就是留园"白云贻意，清泉洗心"的无限胸怀。所以，从古至今，但凡身临其境的人，有谁不被感化呢？

由此，我真正体会到了"人在画中游"的那种绝美的境界。

人说，留园是一幅立体山水画，真的一点不假。

我说，留园中的每一处、每一座建筑和每一个景点，都像一本大书，看了又想看，让您回味无穷。

园中的"三宝"是留园的最妙之处。三宝是指大理石座屏、冠云峰和鱼化石。站在大理石座屏前，有种"雨后静观山，风前闲看月"的境界。它石质好，石纹细，尺寸大。临近一看，它就像一幅天然的山水画，明月、清风、野山、飞瀑集于一身。冠云峰的峰顶，如立一只雄鹰，它是我国现存最高的名峰假山。而鱼化石是在冠云楼下的北墙上，呈薄片状，像云母层层剥出，上面的小鱼栩栩如生，活灵活现，头骨、脊椎骨，清晰可见，令人叹为观止。

园中的"六扇漏窗"是留园的最巧之处。透过不同花样的窗格，您会感觉到随着步子的移动，隐隐可见山水之景，景色在变，画面不同，相映成趣，有种"移步换景、一步一景"进入世外桃源的感觉。用《红楼梦》中贾政的话说："一进来园中所有之景悉入目中，则有何趣？"

说道醉人之处，自然就是往返途中的丝竹之声。向前一看，一男一女两艺人在飞檐翘角的亭中弹唱苏州评弹。男穿长衫，温文尔雅；女裹素装，裙裾翩翩。不管是唱，还是弹，二人配合得都行云流水。那器乐声更如山泉叮咚，清亮悦耳；吴越长调，盎然春意，和畅惠风。真是"此曲只应天上有，人间能得几回闻"……

留园啊！一个个庭院小品，窗景独门；一座座殿堂楼阁，湖色秀风；一棵棵古树名木，奇花异卉；一处处石景灯，花景铺地……这样的美景，谁不向往，难怪历史上有不少文人墨客撰写诗章，来歌颂她的神韵与风采。"行回不尽之致，云水相忘之乐。"虽然此时此刻，留园好像有意让您多欣赏一会儿这变化无穷的园林艺术佳作，但我的心，却已经跟着诗人美妙的诗句醉了。

留园、留园，留园美景，如同园名一样，长留天间！

细品沧浪亭

沧浪亭，对她的向往，是从读欧阳修长诗《沧浪亭》开始的。

老实说，在读此诗前，我对她的那种美丽雏形也只是存在于想象之中，一种朦胧的了解。因为她的规模、名气都无法与拙政园、留园相比，所以我曾多次去过苏州，都没有游览过沧浪亭。但就在前年的"五·一"节，我却独自来到姑苏，细品沧浪亭。

沧浪亭，系苏州四大名园之一，在苏州现存的诸多园中历史最为悠久。

据史料记载，沧浪亭始建于北宋，占地面积为 1.08 公顷。庆历四年（1044 年），宋代诗人苏舜钦以四万贯钱买下废园后，对它进行改建、修筑，且"傍水造亭"。因感于"沧浪之水清兮，可以濯吾缨；沧浪之水浊兮，可以濯吾足"之典故，所以题名"沧浪亭"，自号"沧浪翁"，并留下了千古名篇《沧浪亭记》。

庆历八年，苏舜钦去世，后沧浪亭几度易主，几度荒废，直至康熙三十五年（1696 年），巡抚宋荦重建此园，把"傍水亭"移于土阜之上。同治十二年（1873 年），沧浪亭再次重建，修缮一新，遂成今天之貌。

在今天看来，苏州之所以能成为历史文化的名城，享有"江南园林甲天下，苏州园林甲江南"之美誉，各色园林的诞生与成功保存下来，功不可没，是苏州城的价值所在。所以，这些星点园林就像点缀在"城市山林"中的一块块魔毯，又像铺展在植物海洋里的一叶叶方舟，为她增光添彩，而被誉为"咫尺之内再造乾坤"的苏州城自然也就有了其独特的美丽和"园林之城"之称。

因此，在苏州诸多园林中，沧浪亭这颗星星，她的地位尤显突出。当然，这不在于她的古老，而是在于她的造园艺术别具一格。未进园门便见一池绿水绕于园外，临水山石嶙峋，复廊蜿蜒如带，廊中的漏窗把园林内外山山水水融为一体，故有"千古沧浪水一涯，沧浪亭者，水之亭园也"之说。令人兴奋，令人激动，令人惊叹不已。

尤其是举目可见的复廊，依山起伏，湖山相亲，廊水相爱，风景格外绚丽。一面临水，一面傍山的复廊，通过图案各异的漏窗两面观景，使得园外之水与园内之山，相互衬托，相映成趣，相得益彰，在阳光的照耀下，闪动着迷人的色彩，恰似一幅自然的立体图画。

啊！复廊，梦一样的美丽。

为此，我不由自主地想起了苏东坡的一句话："天真烂漫是吾师。"意思是讲没有世态的炎凉，没有心中的忧愤，没有世间的争斗，是那样的清新活泼，是那样的令人陶醉。现在看来，用水做围墙，是件天真烂漫的事。但这天真烂漫是有师心的，而这师心就在沿河可置黄石的假山上。于河流而言，河流是界线，假山是围墙。于复廊而言，假山是篱笆，复廊是围墙。只是这界线、篱笆和围墙都很入景、入画，让人的视觉错位，无论从哪个方位环顾，都是一幅美丽的图画。由此可见，复廊的"复"不是简单的重复与随便的叠加，它是山重水复的"复"，更是一种意象的浓缩和意境的浑化。之所以称为园林，是因为她有一定的隐秘性，并且让人感观的那些景色都存于围墙之内。

说道复廊，不能不说复廊上的漏窗。沧浪亭内曲廊壁上漏窗共有108

式，图案花纹绚烂多彩，无一雷同，不要说在苏州古典小院中独树一帜，就是在中国也别无分号。

漏窗，俗称花墙头、花墙洞、漏花窗、花窗，是园林建筑中独特的建筑形式。站在窗前，视觉的变化让人心旷神怡。从漏窗里看风景，似隔非隔，似隐非现，漏窗与风景，风景与漏窗，互为细节，互为补充，有诗意绵绵之感。而庭院这面，一眼望去，似乎多为折角。当然，这折角的"折"，"折"得不烦琐，不做作，不生硬，是园林中最为独特的艺术品，称得上是大手笔，大制作和大胸襟。

同时漏窗又能把另一面的望砖、椽（chuán）子、梁柱都纳入其中，像自己给自己照镜子似的，这边的望砖、椽子、梁柱以及园里、园外的树色天光也都同样揽进怀抱，将园外的水与园内的山，联成一气，融为整体。正如园林专家陈从周教授之《苏州沧浪亭》中所说的那样："园外一笔，妙手得之，对此之运用，不著一字，尽得风流。"

这"借景"典范，不仅在我眼里，在心中也泛着美丽的光辉，我顿时感到了奔涌而来的那股强大的生命力，从这儿，我分明看到了浩瀚的生命的海洋。这就是苏州，而这景致就是苏州的血脉，就是苏州的生命力。

入园后不久，便是一座四面厅，原名"观鱼处"，同治十二年改成现在的名字"面水轩"。它位于沿河复廊西，四周绿树环合，长窗落地，临水而筑，取杜甫诗"层轩皆面水，老树饱经霜"之意而得名。

从面水轩的门口向里望去，便是一幅青绿长卷。只见窗外的树，因上不见本，下不见末，只现身中段，让我顿有苍莽之气，荡青漾绿。

回首细看，那轩门外的铺地便是菱形相错，犹如大地的桌布。时间看长了，能把它轻轻地抽走。一块仄（zè）砖铺成的菱形紧挨一块碎石铺成的菱形，一块又一块，一年又一年。砖像雨往地上落，石似云向天上奔，上上下下，菱形晃动。砖是仄的，仄得规整；石是碎的，碎得随意。这就好像一个是学者，一个是诗人，两人天天坐在一起，既不打架，又能各抒己见，保留自己的意见。这就是造园家善于运用多种手段来表现自然，以求得渐入佳境，小中见大的理想境界，以取得自然、淡泊、恬静、含蓄的艺术效果。

　　同样，那屋檐下的一长溜铺地，比起门外的铺地颜色要来得深，深而且黑。黑色在江南有时候表现出的是滋润，是水。因为水是万物之源，千百年来便是文人墨客笔下最美的景致。"上善若水。水善利万物，而不争；处众人之所恶，故几无道。"这是几千年前老子对水的诠释。的确，在这个世界上，"爽朗的晴天，初露的朝阳，正午的强光，西沉的落日"，都会在水中得到神奇的幻化，再也找不出比水更美、更善的一种物质了。

　　坐在"面水轩"石阶上的我，越读越品越觉得其中的深奥与神奇，这座透着历史的烟尘味的园林，只有她见证了那段不平凡的岁月。

　　轩的北边，假山壁立，下临清池，而轩的南边却是一座山岭。不过这"山"更为奇特、有趣。东为黄石，西边却用太湖石砌成。据说，这"山"出自宋代工匠之手，它不以工巧取胜，而以自然为美。虽然这山不高，但却起伏有致，陡峭有险。山腹一径，伸展盘绕。然而那山上的"点"就是著名的沧浪亭。

　　据讲，亭额"沧浪亭"三字为俞樾所书，石柱上有对联一副，上联出自欧阳修《沧浪亭》诗"清风明月本无价，可惜只卖四万钱"；下联出自苏舜钦《过苏州》诗句"绿杨白鹭俱自得，近水远山皆有情"。组合而成的对联，不仅表达了作者的纵情山水、寄情自然的超然情趣，更说明了园主将自然山水拟人化，让人和自然山水间进行交流、对话，达到物我交融的境界。就这样，经过大文豪欧阳修的题咏，清幽古朴风格的沧浪亭，从此大名传开，成为苏州的一代名园。

　　沧浪亭隐藏于山上，亭立山巅，高旷轩敞，飞檐凌空，结构古雅，园林协调。亭的四周古木森郁，青翠欲滴，藤萝蔓挂，宛若真山野林，为游览的过程增添了趣味。

　　坐在亭心，可观全景：园外涟漪一碧与山亭遥相呼应，自然融合，亭柱的石刻联珠独点其妙；东面的山间小道，高下逶迤，桥梁溪谷，引人入胜；南面的峭壁小池，仰卧起坐，有"高山明珠"之感。特别是园内那犹如一块流动碧玉的小溪，与园外一泓碧水在这里汇聚成河，自成一体，格外别致，仿佛就是天意落成。

山亭之南，是全园主体建筑的"明道堂"，取"观听无邪，则道以明"之意为堂名，曾是明、清两代文人讲学之所。堂在假山、古木掩映下，显得庄严肃穆。堂南，"瑶华境界""印心石屋""看山楼"等几处轩亭都各擅其胜，又组成了园内的一道风景线。

明道堂之西，隔墙东西相对的便是五百名贤祠。祠内东、西、北三面壁上嵌有五百九十四幅历史人物石刻像，他们上至春秋吴国，下至清代中叶，为两千四百多年间与苏州历史有关的人物。其石像均出于清代名家顾汀舟之手。

我收回投向的目光，又看到了清香馆，它是园中大型建筑之一，又名"木犀亭"，因取李商隐诗"殷勤莫使清香透，牢合金鱼锁桂丛"句意而得名。庭院作半圆形状，老桂数本，古朴苍劲，秀枝挺发。站在这里，正是因为它们的存在，才使这座园林如此的美丽、动人；又如此的富有生命的动感。

我带着这样的感悟，折向上北，来到翠玲珑。它又叫作"竹亭"，为文人墨客雅游、静观、觞咏、作画之地。因四周遍植翠竹，故取主人苏舜钦美诗"秋色入林红黯淡，日光穿竹翠玲珑"之意为名。这里都是竹，是竹的集中地，是竹的海洋。壁上挂的是画竹，漏窗是竹节状，家具也是竹节图案，古媚可爱。不仅如此，小馆曲折，绿意四周，前后芭蕉掩映，竹柏交翠，风乍起，都是万竿摇空，滴翠碧透，清风送凉，翠色沁人心脾。

此时此刻，漫步其间的我，心好像在任凭竹子摇晃，摇啊摇，有风在摇，无风也在摇，我只想在这园林中，在这景象中，把我摇透、摇醉……福在清静，乐在清心，品在读中，有谁不想呢？还是欧阳修讲得好："丈夫身在岂长弃，新诗美酒聊穷年；虽然不许俗客到，莫惜佳句人间传。"（《沧浪亭》）不然，真的太可惜了。我想，大凡来此游览的人，都会发出这样的感叹！

亲近狮子林

自从游览过苏州园林后，我心中的那股"踏城访古"之瘾便越来越大，进而，那种向往之情也随之不时地在隐隐发酵。

就在去年吧，我利用出差的机会，便如愿以偿地走进了狮子林。

狮子林，始建于元代，至今已有六百多年的历史。

传说，元代至正元年（1341年），一位名叫惟则（号天如）的高僧，应弟子之邀，来到苏州传禅。不过，在来苏州前，他曾在浙江天目山的狮子岩修行二十余年，那块狮子岩因长年累月聆听天如之师明本和尚的讲经说法，而通灵成精，化为神狮，成了佛国之兽。就在他来到苏州后不久，刚步入菩提正宗寺，便见寺中，岩石形如狮，千姿百态，乐得就地打滚。可就在瞬间，却变成了一座狮子峰，屹立在寺院的东南隅，成了诸峰之冠，从此"菩提正宗寺"改名"狮子林"。

其实，这只是一个神话故事而已。实际上，据《狮子林纪胜集》记载，则在次年，是天如禅师惟则的弟子"相率出资，买地结屋，以居其师"为奉其师所造。因天如禅师、中峰明本都在天目山的狮子岩得道，为纪念佛徒衣钵、师承关系，故取佛经中"狮子座"之意而使"狮子林"

得名。

在古代，中国人心目中的狮子，却不同于寻常的野兽，具有某种灵性，正如唐初虞世南在《狮子赋》中所说，把狮子称为"绝域之神兽"。所以，在那时，狮子的"狮"，有时又写作老师的"师"。不仅如此，在佛门中，把杰出的僧人也称作"狮子"，把高僧说法称作"狮子吼"，把高僧的法座称作"狮子座"。同时，"寺院"一词，一向也有着"丛林"的别称。所以，把这座禅林称作"狮子林"，便是顺理成章的事。

当然，"狮子林"还因园内"林有竹万，竹下多怪石，状如狻猊（狮子）者"而著称。

就这样！融禅宗之理、园林之乐于一体的寺庙园林——狮子林应运而生。从此，古苏州，因惟则的地位和他本身就是一位诗僧，狮子林便自然成了那些笃信禅宗的文人前来谈禅访道的地方，她的名气也就不言而喻了。

但在其后的几百年当中，由于种种原因，狮子林也屡经兴废。到了民国七年（1918 年），狮子林幸运地被苏州人贝仁元购得。据介绍，他在清朝末，就在上海经营染料而成为巨富，号称"颜料大王"，并曾任过上海总商会协理和全国商业联合会副会长。他购买后，在保留原有面目的基础上，又增添了"湖心亭、石舫、荷花厅、九狮峰"等多处新的景点，才演变成今天之貌。

狮子林的成功展现，使她与宋代的沧浪亭、明代的拙政园和清代的留园，构成了苏州城中的"城市山林"，也才拥有了一部堪称完整而形象的苏州园林的历史。且于 2000 年，狮子林被联合国教科文组织列入《世界文化遗产名录》。

今天看来，狮子林，在苏州园林之中，虽缀山不高，但洞壑盘旋，嵌空奇绝；虽凿池不深，但回环曲折，层次深奥，飞瀑流泉隐没于花木扶疏之中……这样独具风格，最具个性的狮子林，包括名字不称"园"而称为"林"，谁不向往呢？难怪元明之际，先后有朱德润、倪云林、徐贲等三位文人画家，为狮子林传神写照。尤其以元代著名画家倪云林所画的

《狮子林图》，其影响最为深远，以致后来，康熙四十二年，康熙皇帝驾临狮子林，为狮子林题写了匾额，并留下了辞彩斐然的一副楹联"苔涧春泉满，罗轩夜月留"；乾隆年间，乾隆皇帝每次南下，都必游狮子林，共题匾三方，题诗十首。

狮子林的美景可见一斑。

我的心，跟着他们美妙的诗句也醉了。刚刚跨入园内，便是一座大厅。在我的视线里，它不仅气势恢宏、古色古香，而且更具雅致堂皇、赏心悦目，这就是贝家祠堂。正中的一块匾上有出自于顾廷龙之手的"云林逸韵"四个字，也让其厅充满着韵味，充满着诗情画意。

在两边走廊的木栏杆上，还雕有牡丹、凤凰及寿字图案等中国传统的吉祥元素，让人看了倍感温暖、亲切和喜庆。

在祠堂中，细心人会发现有一处最为入眼，就是那祠堂顶上"福、禄、寿"三位神仙和一个小孩的塑像，个个栩栩如生，活灵活现。尽管它们被岁月侵蚀失去了昔日的光辉色泽，然而，其工艺的精湛，构图的巧妙都无法掩饰当时园主对子孙后代的希望——"光宗耀祖"。同时，也凸显了贝仁元的铮铮傲骨和浪漫情怀，告诉后人，这座园林的独特景貌与独特内涵尽在其中。

前行不远处，便是苏州园林中有名的燕誉堂，又名"鸳鸯厅"，造型在园林中独树一帜。厅内用屏门、挂落隔成南北两大部分，北厅的梁柱用圆木，南厅的梁柱用方木。从内部看似两厅相连，但布置却相异。前厅常为招待贵宾，内堂为密友聚谈，女眷欢聚的地方。

堂名因取《诗经》中"式燕且誉，好尔无射"之句而得名，它是全园的主厅，不仅其建筑高敞富丽、结构精美，而且装修古朴雅致、亲切明快，堂内的陈设也雍容华贵。特别是书于民国十四年的那篇《重修狮子林记》和北边雕刻的《狮子林图》更为耀眼，见之无不叹为观止。

向北而行，就到了"园涉成趣"的小方厅。因其厅方正，所以得名。小方厅为歇山式，厅内东西两侧空窗与窗外蜡梅、甫天竹、石峰共同构成了两幅"寒梅图"和"竹石图",犹如无言小诗,点活了小方厅。这就是苏州造园艺术手法,叫框景。它还可以随季节的变化,脚步的移动而变化画面,可谓"一步一景,景随步移",入禅林便使自己顿悟妙境。

走出小方厅,映入眼帘的便是由太湖石堆砌而成的巨峰。仔细端详,依稀可见九头不同姿态的狮子,似在嬉耍,故名"九狮峰"。它嶙峋多孔,石纹天然,浑如一块,形态俯仰多变,气势雄伟。方为上品的九狮峰,不仅峰型奇曲高峻,变幻莫测而如自然巨峰,还叠加出九头狮子,并与东西开敞与封闭的两个半亭形成一体,相互辉映,相映成趣,妙在似与不似,像与不像之间,从而充分调动了观赏者的主观想象。

在庭院的众景中,有一处最值得一看,那就是傍水而筑,雕刻精美的真趣亭,的确别具一格,用导游的话讲,真趣亭和苏州园林的素淡风格有所不同,有着皇家园林的味道。

说道真趣亭,得先引出一个故事。

那是在乾隆二十七年(1762年),乾隆皇帝下江南,来到狮子林游玩,看见满园美景,他顿时激情万丈,来了风雅兴致,便随笔写下"真有趣"三个字。这让当时给乾隆皇帝当陪游的状元黄喜在一旁看见了,他觉得太俗,便灵机一动,上前奏道:"臣见圣上御笔,笔笔铁画银钩,字字龙飞凤舞。臣冒昧,叩请万岁把中间的'有'字,赏赐给奴才吧。"乾隆一听,话外有音,便回头一想,是呀!少了这个'有'字,更显雅致,更显精巧,于是,皇帝便顺水推舟,借机点头同意,随即另写小字一行,"御赐黄喜有",把"有"字赏给黄喜,留下"真趣"两字,后刻匾,并挂于亭上就成了如今的真趣亭,据说"真趣"还是乾隆的御笔呢。

其实,此故事真也罢,假也好,却有一点,乾隆一定是中国历史上最爱游玩,也最会游玩的一位皇帝,否则江南岂能成为"人间天堂"。依我看,"真有趣"才是他的真情实感,否则也不会有把"有"字赐给他人的传说,的确有趣。但现在看来,把这种有趣的故事放到韵与禅味浓的园林里,使其融合,会使这样的园林更具魅力,更具别样和更具可读性,这也正是狮子林有别于其他园子文人趣味的地方。

当然，狮子林不仅仅是这些，更奇妙的是假山。"假山假水假天下"才是狮子林之美誉。

狮子林的假山多以名贵稀有，以"透、漏、瘦、皱"为特色的太湖石堆叠构筑而成，群峰起伏，气势雄浑，奇峰怪石，玲珑剔透。

假山以岩壑盘绕，洞穴深幽，犹如一座曲折迷离的大迷宫，给人以只身在老林深山的那种感觉。你若穿洞越岩，左右盘旋，时而登峰之巅天地开阔，时而沉落谷底临水探幽，会顿生童趣，乐而忘忧；你若在洞中钻来钻去，忽上忽下，或左或右，怪石孔隙中洒下的亮光，让你舒心畅意；你若置身其间，高高下下，忽而开朗，忽而幽深，不分南北，半天绕不出来，你才会领略到什么是"洞穴诡谲"……

若两人同时进山分左右两道走，只闻其声不见其人，少顷明明相向而来，却又背道而去，有时隔洞能相望，但却不能相会。眼看就要"山重水复疑无路"，但一转身却是"柳暗花明又一村"。那些千姿百态的太湖石，多数像狮形，大大小小有五百来头，各领风骚，有滚绣球的，有怒吼的，有睡卧的，有嬉戏打闹的，或高或矮，或大或小，或肥或瘦。也有的像鼋、像鱼、像鸟，想象中要看什么即能看到什么，还可从中找到十二生肖图呢，真让人看得眼花缭乱。这也让我想起了清代文人朱炳靖游过假山后写下的那首诗："对面石势阻，回头路忽通。如穿几曲珠，旋绕势嵌空，如逢八阵图，变化形无穷。故路忘出入，新术迷西东。同游偶分散，音闻人不逢。"恰如其分地把假山的神韵描绘得淋漓尽致，大凡亲历者，谁不叹为奇观呢。

如此极致的园林，当然，在任何时候都少不了文人雅士的光顾，随处可见留下的印迹不胜其多。长廊的墙壁遍布各朝代的碑帖及名人的书画题词，给予这座园林深厚的古典文化的韵味……

我又想起了导游的介绍，那是在1784年，乾隆再次南巡，他见到了徐贲画的《狮子林十二景点图》后，便十分感慨。于是，皇帝游过狮子林后，在《游狮子林三叠旧作韵》中写道："真山古树有如此，胜曰芳春可弗寻。"年岁已高的乾隆，看到了自己的状况，只能作"他日梦寐游"了。可以想象，一代帝王都发如此之慷慨，更何况我等俗人呢。

精巧的网师园

那是四年前的事了。

记得就在八一建军节的前夜，一场小雨悄然飘过天空，地面只是留下了一层露水般的浅湿，如果不留意，浑然不觉曾经有雨来过。其实，这正是本人需要的效果，因为我第二天就要走进苏州城，随古风而行。

那天上午，大约八点钟，我独自走进了十全街的一条横巷里。这条巷子不仅墙壁是藏青，地砖是螺青，就连天空也显皮蛋青，而且偶尔从园子里伸出的树枝也是绿青，整条巷子就是一色的青。这迷人的青色画面，就像一幅历史的长卷，承载了生活在这片土地上人们的岁月，点滴收拢起一些历史风云的碎片，无语闪现。

我不得不钦佩苏州人的智慧。

就这样！我带着这种既陌生而又耳目一新的感觉，继续穿行于巷中。耳闻鸟鸣啾啾，树叶沙沙，悠闲而惬意。不过，突然地，我却又若有所思，一个园子倏然出现在眼前。

哦，她是谁？是你吗？

就是你，网师园。原来宋代园林，世界文化遗产网师园就隐于此处。

网师园，在苏州诸多园林中，却偏居一隅，面积仅为拙政园的六分之一。虽然面积之小，但她那布局之精巧，结构之紧凑，变化之丰富，在苏州乃至全国实属罕见。用我国著名的古建筑、古园林专家陈从周的话讲："苏州园林小园极则，在全国园林中亦属上选，是以少胜多的典范。"正因为如此，她，1982 年被列为全国重点文物保护单位；1997 年被联合国教科文组织列入《世界遗产名录》。

网师园始建于南宋淳熙年间（1174—1189 年），旧为宋代藏书家、官至侍郎的扬州文人史正志的万卷堂故址，称为"渔隐"，后废，几经沧桑变更。直至清乾隆年间（约 1770 年），退休的光禄寺少卿宋宗元购之并重建，因网师乃"渔夫""渔翁"之意，又与"渔隐"意同，退而结网，自寻真意。于是，园主别出心裁地把自己心爱的园子命名为"网师园"，并且其布局仍保持至今。后园子易手，历经修葺、整理、加工与完善，最终成了我国中型古典园林中的精品杰作。

踏进园门，即可感觉到一股清新之气，迎面而来。矮墙上爬满的青藤，在茂密的绿叶中，偶尔会有几朵黄色的小花，肆意地在微风中摇晃，芬芳四溢，浓浓的园林气息弥漫在四周的空气中，顿觉心中犹如注入了一股清泉，惬意之极。

砖雕门楼是苏州园林中门楼之冠。整个建筑高 6 米，宽 3.2 米，厚 1 米，飞角半亭式外形。单檐歇山卷棚顶，戗角起翘，黛色小瓦覆盖，造型轻巧别致，挺拔俊秀，富有灵气。虽然它饱经沧桑 300 多年，但仍然古雅清新，精美绝伦，犹如一幅优美的立体画安然屹立。

举目上望，我看到了那华夏之光，细腻天成的砖雕门楼，在高远的天幕之下熠熠闪动，不愧为传统砖雕艺术中的不朽精品。

中部上枋，雕有蔓草图案。蔓生植物枝繁叶茂，滋长延伸，连绵不断，茂盛覆盖几无间隙。横匾两端倒挂砖柱花篮头，刻有狮子滚绣球及双龙戏珠，飘带轻盈。匾缘外，挂落轻巧，整个雕刻细腻入微、玲珑剔透，那种惊世之美，令人称绝。

中部中枋，雕刻"藻耀高翔"四个大字，刚健有力，清雅淡泊而庄重，拨动了中华民族几千年文化之琴弦。

尤其是左右上侧，刻有"郭子仪上寿"和"周文王访贤"的立体戏文图。幅幅栩栩如生，活灵活现；幅幅赏心悦目，美不胜收。尽管岁月沧桑，斗转星移，让它们失去了当年的光鲜色泽，但其工艺的精湛、构图的巧妙却无法掩饰砖雕图案所特有的风格与文化内涵，凸显了吴地文化和中国民间艺术相溶的深厚，真正无愧于"江南第一门楼"的盛誉。

穿过大厅（积善堂），迈过撷秀楼，便到万卷堂故地。因取李白"庐山东南五老峰，青天削出金奖蓉"之诗句中的"五峰"而命名的"五峰书屋"，则在其中。

五峰书屋是主人藏书、读书之所在。窗棂外间植有竹子、芭蕉、梅花和天竺，四季景色变幻莫测之时，书卷之气也慢慢充溢我们的眼中：红木书桌、琴桌、多宝格，墙壁上的名人字画……陈设雅致，富丽端庄。但最让人觉得兴奋，有新鲜感的却是那些以竹为题的书画，恰巧与园内的"竹外一枝轩"遥相呼应。无论是阴晴天，还是早晨黄昏，轩内总是窗明几净，"竹外一枝轩"所包含的奇巧和画面感，总能在网师园的意境里找到。这正是园林主人需要的"于疲倦中得以舒心静气、解乏除困之功效"。

被冠为世界最迷你桥梁的引静桥，就诞生于网师园中。引静桥体态小巧，长才2.4米，宽不足1米，游人至此，三步而逾，俗称"三步小拱桥"。它虽小，但桥的石栏、石级、拱洞一应俱全。并且这座袖珍式的小桥，还犹如雨后的一节彩虹飞跨盘涧，使彩霞池东、南两面景物因之浑然而为一体，却以极小的空间映出极大的山水意境。经桥向东而行，可沿高墙至射鸭廊、竹外一枝轩；向西而游，则见云岗假山山势脉脉，濯缨水阁清风徐徐；驻足眺望，有看不厌的四季风景：春景是濒水的"竹外一枝轩"，夏景是浮水的"濯缨水阁"，秋景是藏于云岗之后的"小山丛桂轩"，冬景则是露于松柏之间的"看松读画轩"。诸种佳致，可立于一桥而尽收眼底。把四季景色巧妙地纳入建筑之中，可见其匠心独运！

事实上，在这网师园中，虽然小桥、彩霞池、盘涧形成了山与水、动与静、明与暗等多种对比，使园景相互辉映，互增雅致，极大地丰富了园内这一角甚至网师园整个中部园区的构筑层次和审美深度。但不难看出，古今造园必有水，这网师园以水为主的景物便是彩霞池。相传这池名是以南宋国主史正志之爱女的芳名而得名，并沿用至今。

彩霞池岸用黄石叠砌，上横下直，大小错落，形成各种洞窟窝凹，形如水口，将穹庐似的天宇一下子变成了无限伸展的浑圆世界。它的神奇在于雨天不溢，旱季不涸；它的别致在于水源、水体和水尾层次分明；它的秀美在于池岸周围错落有致的黄石假山和参天树木……同时还能看到，波平时，蓝天行云，楼阁层增，廊而复廊，亭阁与山景相映成趣，真正体会到了人在画中游的绝美境界；起风时，吹皱一池绿水，楼阁摇曳，云岗游移，曲桥飘飞，一幅活动的山水画轴便展现在眼前。这正是中国文人追求的天人合一、返璞归真的一种审美境界。

殿春簃又是园中的主要景点之一，它风情万种，别有一番天地。"殿春"出于苏东坡"尚留芍药殿春风"句意。殿是动，春风反而是静，动静之中，一树芍药便开成荼蘼。特别是那累累的花瓣与宽大的叶子，在簌簌的风声下，更显其艳丽奇特，惊艳的感觉挥之不去。虽然该院占地不到一亩，但景观却富有诗情画意。人在轩内，似在室外，满目青竹，苍翠挺拔，那翠周围的蜡梅、红色天竹子与奇峰迭起的假山石，仿佛就是雅致的国画小品，让人感叹古人造物的神奇。

不仅如此，在网师园中，还有一种独特的艺术品——花窗，最为引人注目。镶嵌在长廊中的各种花样的漏窗、瓦窗、木窗和空窗，不仅是一种景观，更是苏州文人园林文化的反映。透过花窗，移步换景，一步一景，若隐若现，亦真亦幻，别有"花影遮墙，峰峦叠窗"之意趣。一丛芭蕉，几棵天竺，喜悦与惆怅并存着，好像季节的变换，看惯的东西，忽然又有了新鲜和惊奇。所以，古典园林的博大与精深，在这里，在这园中得以充分体现。

在这极小的网师园中，著名建筑还有很多，比如，供人坐憩、赏月之处的"月到风来亭"，藏书万卷的"万卷堂"，园主读书之处的"集虚斋"，俞樾题书的"撷秀楼"，樵风径、射鸭廊、半山亭……都是明朗如诗，风清月白，是造园人让有限的空间通过人的视觉瞬间变得无限开阔。这也让我想起了清代的著名学者钱大昕所讲的那句话："地只数亩，而有行回不尽之致；居虽近廛，而有云水相忘之乐。柳子厚所谓'奥如旷如'者，殆兼得之矣。"

是啊！还是古人说得好，说得对。

这一趟真的不虚此行。

当我快跨出园林时，还是不由自主而又深情地回望了这"网师"，对看破红尘而有归隐之心的人，则是另一种境界。同时我还看到了苏州园林古朴中透出清秀，秀丽中呈现精巧和雅致中露出质朴的那种永不褪色的文化内涵，动态地展示了姑苏人的造园艺术与生活之美。

就在此刻，我好像听到了一缕洞箫声从"濯缨水阁"中飞出，低鸣徘徊，飘过水面，凌波回荡，悠悠扬扬飞向人们的心头，使人的心灵像被清凉圣洁的净水洗涤过似的空灵和舒坦。渐渐地，箫声远远地离去，一支长笛——《姑苏行》又缓缓地吹奏起来，像水中涟漪一样淡淡散开，饱含着生命的润泽，俯仰于天地之间，悠然而自适……

怡　园

　　一个人走过一个令人心动、令人敬慕的地方，他就会爱上那个地方，他就会思念那个地方，他就会挂念那个地方，甚至把自己的情感也融入那个地方。

　　我，自然也是如此。

　　自从我走过苏州的留园和网师园，虽然情未了，但思却未断，还想去游览一下有着"颐养天年"之意的怡园。

　　于是，在 2020 年 5 月的暖风中，我驾车来到了苏州城，前园观"怡"。

　　怡园，虽然在苏州诸多的园林中面积最小，建园时间最晚（于清代晚期 1874 年），但设计者们却以博采诸多园林之长，集众多园艺特色之优，巧妙布局，结构合理，手法得宜，使整个园林景致设计别出心裁，自成一体，在有限的面积中营造了不一般的园艺风格，可谓"紧凑而不觉累赘，集中而不至于拥挤"，终究在古城的众多园林中脱颖而出，成为游客、市民游玩和休闲的最佳之处。正因为如此，怡园于 1982 年被列为江苏省文物保护单位。

　　遐想之中，我不知不觉迈进了门楼。顿时一种久违的激情油然而生，让我兴奋不已。啊！眼前皆是清凉世界，绿意黯然、粉竹摇摇、花香盈袖、鸟语绕耳。虽然园中幽静，但不觉孤单，闻音似乎总是从天而降，萦绕耳畔。信步之间，景致变异随心而动，就有一种新奇的感觉，一种静美的享受，自然就看出了别致的韵味。

入园后，刻有"天眼"字样的一口井一下子跃入我的眼帘，让我感到亲切，好像感觉到了这口井能给人以冬暖夏凉的真切体验。其实，这一点并非浪得虚名。据介绍，每到天寒地冻、滴水成冰的严冬，早上这井里就会升起一股股热气腾腾的迷雾，直飘上空。而每每进入夏日酷暑，无论气温怎样炎热，阳光如何暴晒，井里的水总是保持着如同冰水一般，清澈无瑕，纯净透明。在寻思中，我好像在突然间又回到了几百年前，看到了古人的那种日常生活：洗漱、淘米、洗衣、浇花、灌园……不难看出，这园中的主人，为了追求城市山林之特征"人与自然的和谐"，的确做了不懈地追求，就连这小小的一口井也能抒发出浪漫的情怀。可见，设计者们对园林造诣的功底是多么的深厚！

走过院中的井，前面就是玉延亭。

玉延亭，坐落于竹林边，"万竿嘎玉，一笠延秋，洒然清风。"风吹竹摇，其声如玉。亭中镶有董其昌草书石刻对联"静坐参众妙，清谭适我情"。"静""清""情"三个字，尤其是"清""情"这两字的结体比较接近。董其昌写来，"清"似秋云，"情"如春树，"清、情"恰好代表了园林主人的怡然陶然，清新自然的日常生活，或者换个说法，于古人而言，就是他们在日常生活里梦见的梦境。看得出这是一个成熟书法家本能上的调整，而不是刻意追求。

因此，调整也好，追求也罢，这些都是园林中必备的要素，也是造园人所要的效果。

走过玉虹亭，经四时潇洒亭、坡仙琴馆、拜石轩，绕池水便到复廊，处处皆是精致建筑，朱漆亭柱，重檐翘角，雕花窗棂，玉石条几，楠木桌椅，摆放陈设显出典雅别致，名家书画装点品高室雅。看池水倒影垂柳，观假山岩石奇幻。

然而，在这众多的景点中，最为引人注目的却是坡仙琴馆，这不仅仅是因为它有着浓浓的古典建筑的风采，更多的是因为它有着不为人知的故事。

坡仙琴馆，分为两部分。东为"坡仙琴馆"，是早时曾藏苏东坡的"玉涧流泉琴"，并画有苏东坡像。西为"石听琴室"，是昔日顾文彬得翁方纲手迹"石听琴室"匾额，加跋悬于室内。据史料记载，国民乙亥（1935 年）重九，召集人庄鉴澄先生在征得著名古琴学家查镇湖同意后，折简邀请苏、赣、闽、蜀诸省旅苏（苏州）师友闺秀若干人，各自携琴，来会于斯，交流琴艺。其中，年龄最长的为 79 岁高龄，是"宫廷第一琴师"、时为"清客"的李子昭。年龄最小的，是大休上人的寄子、学琴弟子吴兆奇，当时仅有 15 虚岁。至今，还保留着一张 15 人的合影照，并且那场"琴艺沙龙"在姑苏也被传为佳话。

从复廊往西，即可进入西园。

其实，怡园，只有东、西二部分，入园即为东部，是全园的引子，主要以庭院、曲廊建筑为主。在造园的手法上，用曲廊连接沿线的亭、台、馆、厅，且有池水贯通假山、洞窟，让人体会出中国古典园林的文人情味；在内容的编排上，曲廊内壁皆嵌满了不计其数的历代名家碑刻，书法体系遍及楷书、隶书、行书，还有草书等多种，笔画清晰、可见，笔力遒劲，皆为珍宝；那沿墙上，处处可见藤萝蔓延，绿丝倒挂，微风中摇摆出千姿百态，尽舞风情万种，让游人在环廊里指点赏景。

西园是全园的重点，绕廊徐行，过鸳鸯厅、藕香榭，入锄月轩。真可谓方寸之间，天地和谐，古物毕现，自然之景，入目难忘。

锄月轩，不仅是西园的主要景观之一，更是全园的主厅，鸳鸯厅式。厅南取自元代萨都剌诗"今日归来如昨梦，自锄明月种梅花"，故得名"锄月轩"。若在冬去春来之际，雪中映梅之景，实在是美不胜收；而厅北却取自杜甫"疏树空云色，茵陈春藕香"，故而得名"藕香榭"，又称"荷花厅"。在夏日可自平台观赏池中的荷花与金鱼游乐其间。室内桌椅均为黄杨、楠木树根雕琢，天然与人工的巧妙结合，使之雅趣倍增。雕花窗棂之构图也极具特色，其窗不仅简洁明快，而且透过窗棂，园中的美景尽收眼底。

当你步入池北时，在这里，却又看到了另一个天地！

那假山最为奇妙。整座假山均是湖石垒叠而成，色如石灰，质如岩石，姿态奇异，山岩壁立，奇峰如笔，棱角似刀，在周边树木的映衬下，亭台分外夺目，分外耀眼。山内洞窟通达池边和山顶，左出右入，可上可下，左右盘旋，时而登顶，时而沉底，来回往复，恰如迷宫。窄处需低头侧身通行，透过垒石缝隙可见对面行人，可唤可谈，若想与之相会绕行许久未必能达。若寻原路返回则难，至此可见，设计者构思巧妙独特，出神入化的奇思妙想把一座假山堆叠得如此奇妙非同一般。园中的奇石遍布却各有奇妙，漏孔湖石，色泽灰白，群峰起伏，气势雄浑，奇峰怪石，装点恰到好处，成为园中奇景，见之无不叹为观止。

向前看，呈东西向的水池，在明媚的阳光照耀下，清澈碧水溢彩流光，最为美丽壮观，令人震撼。

池塘虽不大，但为园之中心所在。池边杨柳轻飏，蔓草丛生。池中碧绿清澈，水清草长，锦鱼戏耍游乐，激起涟漪层层，就像仙女手中的一把镜子，脱手了，变得支离破碎，荡漾开来，显得更加美丽。再向前就是清音阁，高檐冀展，回廊曲榭，水流环绕，青瓦丹窗，阁脊上雕塑之动物，形态各异，栩栩如生，活灵活现。假如此时正值春花烂漫的季节，必定是绿意盎然，百花争艳，各色花儿用特定的方式点缀出生命的美好。此外，为环池而设的还有螺髻亭、小沧浪、画舫斋等建筑，这满目的亭榭廊舫，这满目的花木叠石，这满目的奇花秀朵，这满目的绿水青山，分明就是这座园林最具强力的生命。因为苏州人拥有了她，便拥有了生活的滋味，便拥有了饱满的情怀，便拥有了值得珍惜、值得回味的朝朝暮暮的每一个日子。在每一个黎明或黄昏，市民们可用脚步丈量着园中小径的清幽，可用耳朵聆听着花开鸟鸣……

这就是苏州的一种文化与艺术的承载和作用力，也是苏州人的骄傲！

向南行，走过面壁亭，便是碧梧栖凤馆。我坐上复廊的砖栏，看坡仙琴馆外的一树白樱花，那渗透出淡绿的叶子，微风徐来，点头晃脑，看样子它们好像惬意极的。

就这样，我带着感悟、感叹、感受与虔敬，在园中漫游、观察和思索，不经意游完了全园。

当我在四时潇洒亭前，留下最后一张照片后，便走出了怡园，那已是黄昏了。我的目光，从曲径通幽的游赏路线起始，去观看这座美丽而又古老的园林。落日余晖，穿透橘黄色的云霭，向怡园泼洒下薄纱般的光晕，使这古典建筑和天际交界处镀上一道灿烂夺目的金边，那条优美的曲线，恰巧勾勒出怡园朦朦胧胧的轮廓，把怡园照耀成一幅古朴、美丽而又动人的图画。今天，我幸能亲眼看到，这座园林的亭台楼榭，假山池水，花木疏朗，竹影漏窗，以独特的构造诠释了园林所特有的雅趣，真是让人养目怡情。

为此，我不得不敬佩怡园主人顾文彬的胆量与智慧，花了两百万两白银在明朝尚书吴宽的旧宅遗址上营造九年，建成了充满活力，充满浪漫，充满诗意，充满情愫的怡园。应该说，顾文彬不仅给后人留下了说不尽道不完的故事，但更多的却是留下了这丰厚的文化遗产，让现代人继续享受那种宁静、安逸的生活，体会那种古典、优雅的韵味。

现在看来，虽然无情的岁月给怡园刻下苍老的皱纹，但她仍然保持着自身固有的高贵气派，仍然让观赏的游客在繁复与奢华的画面中感觉到了赏心悦目的快乐。你认为呢？但我还是想说：没有去过的朋友应该去走一走，看一看。

第三辑　醉美·黄山

国画大师刘海粟在他93岁高龄、第十次登临黄山时，发出了他琢磨多年的感叹：

黄山之奇，奇在云崖里；

黄山之险，险在松壑间；

黄山之妙，妙在有无间……

奇特在黄山

　　仰慕黄山，我是从国画大师刘海粟身临数次黄山开始的。

　　据说，国画大师刘海粟对黄山的景仰之情是无以复加。他的一生十上黄山，创作了大量的艺术佳作，还依然认为没有读透黄山。直到他以93岁的高龄第十次登临黄山时，才发出了他琢磨多年的感叹：

　　　　黄山之奇，奇在云崖里；
　　　　黄山之险，险在松壑间；
　　　　黄山之妙，妙在有无间……

　　是啊！经过亿万年的天地造化和冰火雕刻，兼具"泰岱之雄伟、华山之峻峭、衡岳之烟云、匡庐之飞瀑、峨眉之清凉、雁荡之巧石"的黄山，以她不可逾越的出类拔萃和独特的魅力，成为这里乃至天下群山之首。1986年被评选为中国十大风景名胜之一，2004年2月入选世界地质公园，又被世人誉为"天下第一奇山"，获得了一个又一个殊荣。

　　正是如此，唐朝的大诗人李白和一生游遍天下的徐霞客，他们虽然相隔八百多年，但对黄山的感受是如此惊人的一致！"黄山四千仞，三十二莲峰。采秀辞五岳，攀峦历万重！"（李白绕石三呼）"薄海内外无如徽之黄山。登黄山天下无山，观止矣！"（徐霞客的诗句）……所以，谁面对她，都不能不昂首仰视，都不能不狂呼惊叹，都不能不感到目光的有限和语言的苍白。

于我而言，更是如此。

我曾两次去过黄山，并且两次都登顶。但恰巧的是两次登山的路线却不同，第一次从前山登顶，第二次从后山上峰。由于黄山的山体主要是由燕山期花岗岩构成，垂直节理发育，侵蚀切割强烈，断裂和裂隙纵横交错，长期受水溶蚀，形成瑰丽多姿的花岗岩洞穴与孔道，使之重岭峡谷，关口处处，全山有岭 30 处、岩 22 处、洞 7 处、关 2 处。久而久之，前山岩体节理稀疏，岩石多球状风化，山体浑厚壮观；后山岩体节理密集，多是垂直状风化，山体峻峭。最终形成了"前山雄伟，后山秀丽"的地貌特征。

面对这座奇特的群峰，原始的生态，原始的秀美与原始的和谐，构成古老而又神秘的画卷，带给人们的绝不是美妙的语言所能描绘的，也不是其他山脉所能比拟的，黄山之美只能美在心里，定格于脑中。

黄山位于安徽省南部的黄山市境内，南北长约 40 公里，东西宽约 30 公里，山脉面积 1200 平方公里，核心景区面积约 160.6 平方公里，主体以花岗岩构成，最高处为莲花峰。黄山，原名黟山，因峰岩青黑，遥望苍黛而得名。后因传说轩辕黄帝曾在此炼丹成仙，唐玄宗信奉道教，故于天宝六年改为"黄山"。

黄山有八十二峰，有名可数的就有三十六大峰、三十六小峰，这些大大小小的山峰，或崔嵬雄浑，或峻峭秀丽，布局错落有致，天然巧成，并以天都峰、莲花峰、光明顶三大主峰为中心向三周铺展，跌落为深壑幽谷，隆起成峰峦峭壁，有机地合成为一幅有节奏旋律、波澜壮阔、气势磅礴的峰林立体画面。

天下世间万物，一个"绝"字说到了极致。然而，黄山竟然包揽了"奇松、怪石、云海、温泉"这"四绝"，并且每一绝都蕴含着奇特而又神秘的况味……

素有"黄山三大主峰"之称的莲花峰。因主峰突兀，小峰簇拥，俨若新莲初开，仰天怒放，故名"莲花峰"。它的海拔高度达1864.8米，是黄山之最，更是华东第一高峰。放眼望去，是数不尽的崇山峻岭，悬崖峭壁，让人望而生畏。在感叹的同时，再往下一看，那山路直上直下，极其陡峭、难行，猛然间，我却不禁为之一惊，惊叹刚才登山的决心与勇气，满心只是那种征服后的喜悦和兴奋。再回过头来看看我开始跋涉的地方，那些山头是多么渺小与遥远。想着一路走来，由下而上，用铅沉一样的脚步丈量着崎岖艰险之路，我感到由衷的骄傲与自豪。其实，人生就和登山一样，人生中的困难就如同这一座座高山矗立在人们的面前，需要想方设法去解决它、战胜它。战胜了一个困难，就等于翻越了一座高山，也就有了一种或多了一份成就感和自豪感，你的底气也就会因此而变得更足，你的内心世界也就会因此而变得更为强大。

其实，在黄山，翻越和攀登每一座山峰，其感觉都是一样的，莲花峰也好，天都峰、光明顶也罢，不仅难，而且更需要勇气。

被誉为黄山第三高峰的天都峰，古称"群仙所都"，意为天上的都会，故取名"天都峰"。它健骨竦桀，卓立地表，险峭雄奇，气势博大，在黄山群峰中，最为雄伟与壮丽。仰首观望，只见凌霄天都，直逼九天，仿佛就在瞬间，我成孙悟空了，腾云驾雾，青云直上，与天际相拥，合二为一，到了另一个世界里，倾听那些美丽的故事与传说。

还有光明顶。它位于黄山中部，海拔1860米，为黄山第二高峰。据说明代曾有一和尚因供奉观音菩萨在峰顶建了"大悲院"，后当地政府在其址修建气象站时，觉得"大悲院"称呼不雅，故改名为"光明顶"。而此处却是"状如覆钵，旁无依附"，平坦而高旷，是看日出和观云海的最佳点。

说道"云海",堪称黄山一绝！

那次，真巧，我刚到这儿，就突然听到游客中有人高声呼喊："快看，金鸡叫天门！"我急忙抬头眺望，只见有一石如雄鸡，头朝天门槛，振翅欲啼。等我想拍上这一致景时，金鸡却跑得无影无踪，就在我正纳闷儿时，却又见昂头金鸡从天而降。

哦，原来那是云海！我一阵惊喜，只觉得眼前白茫茫的，身子似乎飘悠悠地，好似进入了变幻莫测的仙境一般。

看云海，如同一层纯白的纱，轻轻地荡漾着山峰，显得缥缈神秘。

看云海，缭绕中的黄山群峰，成了浮动的石林，似真似假，飘逸曼妙。

看云海，在朦胧的轻纱中，峰头似扁舟轻摇，山影如画，瑰丽壮观。

看云海，从山峰间穿隙而过，变化莫测，给人以想象的空间。

看云海，那轻轻缥浮的云海，让黄山的奇峰时隐时现，使人浮想联翩。

当云海被气流推动时，广阔云海，雪浪推山，银瀑飞舞，极为奇妙壮观……从这一张张照片和一组组镜头中，让人领略到一片漫无边际的云，那是动与静、诗与画、情与意，仙境一般的美！难怪清休宁人吴应莲的《黄山云海歌》有诗句云：望中汹涌如惊涛，天风震撼大海潮。有峰高出惊涛上，宛然舟楫随波漾。风渐起兮波渐涌，一望无涯心震恐。山尖小露如垒石，高处如何同泽国。

我想，正是因为这一片片浩瀚的云海、奇特的景观，黄山才延续着浪漫与激情，让人无尽遐想，让人迷恋永久。

漫游黄山，其实，黄山松却是人类一绝。随处可见。

黄山松，几乎都生长在人迹罕至的地方，扎根于岩石缝里，只要有一层尘土就能立脚，往往在断崖绝壁的地方伸展着它们的枝翼，塑造了坚强不屈的形象！"迎客松、探海松、贴壁松、望客松、麒麟松、黑虎松"，都是松中之奇。干曲枝虬，千姿百态，或倚岸挺拔，或独立峰巅，或倒悬绝壁，或冠平如盖，或尖削似剑，或穿罅穴缝。奇美挺秀，蔚然可观，日暮中的万松林，映在纸上是世上少有的奇妙剪影。

但在众多的松树中，屹立在玉屏峰侧壁的那棵迎客松最为抢眼。它是黄山奇松的代表，也是整个黄山的象征，更是天下名松，上至庄严的人民大会堂，下至车站码头，百姓厅堂，随处可见它的倩影。

它倚着狮石，破石扎根而生，面临绝壁，毫不畏惧。虽然有着1300年的历史，但它却不屈不挠，苍翠挺拔，枝叶如盖，飘逸隽秀，如展臂迎客。

看到这儿，一个疑问突然蹦出。这些根须大半长在空中，像须蔓一般随风摇曳的黄山松，是谁在滋养着这些无本之木？是云？是雾？是雷电？是风雨？还是黄山独有的自然环境？让它们突破了生命的底线，创造了奇迹。其实，这不是一个简单的问题。即便是自诩为万物之灵长的人类，我想也无法回答这个问题。而黄山松却以它的秀美飘逸，极其形象化地谆谆教导世人：生命力无比强大，生命的承受力是远远超出人们的想象。不是吗？

是的。正因为有了遍布峰林沟壑的黄山松，黄山的景美了，山活了，风动了，云涌了，雨多了，泉响了……就连山上的一草一木、一石一鸟也有了灵气。难怪古人会说，"黄山之美始于松"，现在看来，这言词一点也不为过。

有人说，奇松是黄山之魂，我说，怪石就是黄山之形。这里的每座山峰上几乎都有许多灵幻奇巧的怪石，点缀在波澜壮阔的黄山峰海中。它们形态别致，大的就是一座山峰（如仙桃峰、笔锋、老人峰等）；小的如同盆景古玩（如"猴子观海"上的"猴石""鳌鱼吃螺蛳"中的"螺蛳石"等）。争相竞秀，意趣无穷。有的酷似珍禽异兽，诸如"猴子望太平""松鼠跳天都""鳌鱼驮金龟""乌龟爬山"；有的宛如各式人物，诸如"仙人下棋""天女绣花""夫妻谈心""童子拜观音"；有的形同各种物品，诸如"梦笔生花""笔架峰""仙人晒靴""飞来钟"；有的又以历史故事、神话传说而命名，如"苏武牧羊""太白醉旧""武松打虎""达摩面壁"；等等，多达 120 余处，或形似，或神似，惟妙惟肖，巧夺天工，妙趣横生，真有移步换景之趣啊！

"飞来石"又是黄山的一大景观。它耸立在黄山"天海"西端峰头一座基岩平台之上，与下方基岩截然分开，令人感到似乎从天外飞落崖上，故名"飞来石"。假如从南向北侧面观其形，就像一棵天宫里的仙桃，故又称"仙桃石"或"仙桃峰"；若远望又像一叶遨游云海中的风帆，慢慢远行。相传此石为女娲补天所剩二石之一，后来飞落黄山成此奇石，难怪电视剧《红楼梦》曾将此石作为片头画面呢，原来如此。

其实，这"飞来石"并非天外飞来，只不过是大自然鬼斧神工而已。据科学考证：它最初与下方基座花岗岩构造原系一体，后因地壳表面风化剥蚀和冰川流水等外力运动，最终形成了"飞来石"奇观。大凡游人观此石时无不为其啧啧称奇，觉得不可思议。正如诗人程玉衡惊叹此石赋诗道："策杖游兹峰，怕上最高处。知尔是飞来，恐尔复飞去。"所以，许多游客到此，都禁不住要虔诚地祈祷、顶礼膜拜。

不仅如此，黄山的另一绝，则是因轩辕黄帝曾在此沐浴，而散发着神秘雾霭的温泉——黄山温泉，也是邓小平在 1979 年 7 月游黄山时，笔下的"天下名泉"，确的名副其实。

温泉，位于紫云峰南麓，汤泉溪北岸，海拔 650 米，其主泉泉口的平均温度达 42.5℃，副泉泉口水温为 41.1℃。据讲，一年四季中，水温不仅能随气温变化，而且还能跟随降水量的增与减而变化。其出入口有两个，水质以含重碳酸为主，无硫，久旱不涸，水质纯净，可饮可浴。自唐代开发以来，就享誉千年。

因此，这处美妙的温泉，从古至今，曾得到古今名人的欣赏与赞美。如李白、贾岛、徐霞客、石涛等人都曾沐浴其间，并留下许多赞美诗词。"一濯三沐发、六凿还希夷。伐毛返骨髓，发白令人黟！"（唐代诗人贾岛《纪汤泉》）等等。

假如你累了，不妨去拥抱一下"返老还童、羽化飞升的灵泉"。让你一边闭目养神，一边静听那飞鸟的啼鸣，享受精神和身体的安逸……

时光飞逝，一晃几年过去了，虽然漫游黄山已成为往事，但那些名绝天下，黄山的奇石奇云奇松……以及奇观异景却历历在目，印象至深。

黄山，独特即美。美哉，黄山！

同时也让我真正的领略到了什么叫作江山如此多娇，什么是陶醉，什么是折服，什么是叹为观止，什么是不可思议。

黄山一游，必有答案。

水墨之画

初冬的那天，大巴车从安徽黟县的县城出发，沿着一条普遍公路向东北方向急驰。虽然眼下已进入冬季，但在金灿灿的阳光下，山上和道路两旁成排结队的树木却更加挺拔，更加俊俏，更加让人喜爱。

大约半个小时的路程，我们便来到了"造型独特、拥有绝妙田园风光"的宏村。

宏村，始建于南宋绍兴年间（1131—1162年），距今有几百年的历史。据《汪氏族谱》记载，当时因"扩而成太乙象，故而美曰弘村"（为"弘村"）。到了清朝乾隆年间，便更名为"宏村"。

宏村，位于黄山西南麓，距黟县县城11公里，是古黟桃花源里堪称"中华一绝"的古水系牛形村落：以巍峨苍翠的雷岗为牛首，参天古木是牛角，由东而西错落有致的民居群宛如庞大的牛躯。这"牛首、牛角、牛躯"自成体系的村落，不仅成了当今"建筑史上一大奇观"，而且该村还背山、面水而建，村后以青山为屏障，地势高爽，既可挡住北面来风，又无山洪暴发冲击危机，更能仰视山色泉声之乐。

近观！村中淡雅朴素、鳞次栉比的古民居，没有多余的色彩，就是黑与白。白的墙，黑的瓦，黑白线条，与旖旎的湖光山色交相辉映，动静相宜，空灵蕴藉，清晰地勾勒出宏村的美。

远望！蓝天白云，远山如黛，青山绿水，粉墙黛瓦，湖光云影，点缀其间，其情其景，有时如浓墨重彩，有时似泼墨写意，宛如陶公笔下的桃花源，大有神韵之感。谓之"处处是景，步步入画。"

随着起伏蹁跹的思绪，我便踏上长长弯弯的湖堤，行走在青石板上。

南湖，是宏村著名的景点之一。它似一弯半月，又似一张弓，不仅湖畔垂柳袅袅、白杨婆娑，而且湖面更是一泓碧水、天水一色，显得清秀妩媚而静静地躺在宏村门前，包裹着半个村庄。这让我不禁想起了风水学里常提到的优良宅地：背靠山，面对水，左青龙，右白虎。放眼一看，宏村正是这样一块风水之地。于是，我的脚步便渐渐地慢了下来：嘘！别惊扰了眼前这难得的宁静；深呼吸，别浪费了这四周弥漫过来的丝丝甜甜的空气；用心看，别放过了眼前每一幅小景——伸入湖心那千姿百态的绿枝，发着光亮铺垫在湖边的褐色石块，阳光中凄美得令人生爱的残荷，与倒影相连形成月圆形状的湖中"画桥"。

"画桥"，又名平阳桥，取自清朝乾隆年间宏村青年诗人汪彤雯的诗作《南湖春晓》："无边细雨湿春泥，隔雾时闻水鸟啼；杨柳含颦桃带笑，一边吟过画桥西。"故电影《卧虎藏龙》的唯美画面——李慕白牵马画桥，俞秀莲点水掠湖，更使这里有了别样的浪漫和诗意。

踏过画桥，笔直的湖心路直通宏村村寨。如果说南湖是张弓，那么穿湖心的长堤便如南湖弦上的箭。是它把南湖这张弓拉得紧紧的，犹如引而不发的羽箭。其寓意就是保卫这个村庄，让宏村免受天灾人祸，不断繁衍壮大。

穿过小桥，就如同步入一卷悠远华丽的历史，徜徉其中。

这里的每一幢古宅就是一座木雕的艺术殿堂，而140余幢正好构成了一个现代的桃花源，得以让你涵咏徽州古文化的内涵。

在现存众多的古民宅中，每一处古院落均是高墙深宅，古朴典雅，意趣横生。精美的雕花门，镂空雕刻的铜钱图案，雕刻精致的窗棂和栏杆，每一个细节都展现着花样繁多、寓意深刻的雕刻技术，都在诉说一个悠久的历史故事。高堂中、案几上，楹联字画布局摆设更具特色。但尤其让我好奇的是，每一家案几上都陈列着一样的物品，右边是古瓶，左边为明镜，中间摆的是钟表。主人告诉我，其义为"终生平静"，表明徽商人家的处事之道。同时还介绍到，右边的古瓶是帽筒，男主人在家的时候，帽子就放在帽筒上。若有客来访，看到帽筒上没有帽子，说明男主人外出经商去了，访问也就不必久留。此外，我还看到了每户人家的厅堂里，都有许多楹联，如："传家有道唯存厚，爱世无奇但率真""快乐每从辛苦得，便宜多自吃亏来""嚼诗书其味无穷，敦孝悌此乐何极"……让人回味无穷，流连忘返。

面对这些无语的楹联，我反复问过自己，读书、为善、行孝、勤俭，这些不正是时下人们所期盼的吗？为什么现代人却很难做到，表现出来的总是时常浮躁，时常懒惰，时常郁闷，时常感到心里不平衡……相比之下，真是感到自愧，感到渺小，感到自责。而现在去品味它，让人的性情回归到自然原始的本真，那肯定是件利人又利己的好事，为什么不去感悟一下呢？

我收起心中的思绪，沿街而行，虽然看了不少的古民居，但最值得一看的却是被喻为民间故宫的承志堂。

承志堂富丽堂皇、气势恢宏，它建于清代（1855 年），是大盐商汪定贵的私宅。它是村中最大的建筑群，占地约 2100 平方米，内部有房屋 60 余间，围绕着九个天井分别布置。正厅和后厅均为三间回廊式建筑，两侧是家塾厅和鱼塘厅，后院是一座花园。院落内还设有供吸食鸦片烟的吞云轩和供打麻将的排山阁。全宅共有木柱 136 根，且木柱和额枋间均有雕刻，题名为"渔樵耕读""三国演义戏文""百子闹元宵""郭子仪拜寿""唐肃宗宴客图"等，造型富丽，工艺精湛。宅子里的每一方砖，每一截木，每一块石头和每一处雕刻，无不用尽匠心，都是非同寻常的艺术奇葩，令人叹为观止。

可谓皖南古民居之最。

由此看来，这小小的宏村不仅以青山绿水、湖光云影构成其独特的魅力，更以其深奥与神秘的文化底蕴让后人关注，难怪被列入《世界文化遗产名录》。我终于在这里，在徽州这块古老的土地上，不仅让我看到了大自然的神奇，更看到了古代宏村人的能力与胆识。

小巷深深，我尽量放慢自己的脚步，用心去品阅宏村古朴的风姿。但几乎就在此时，我却仿佛融入了那遥远的历史，仿佛在倾听先人们的美丽传说，仿佛那近一千年来一直流传的故事就在眼前。

街巷中，到处是逼仄的小路和路旁的水圳。水圳就是"牛肠"，全长1300多米。经考证，古宏村人为防火灌田，独运匠心开仿生学先河，围绕"牛形"做活了一篇水文章，建造出堪称"中国一绝"的人工水系。

在明朝永乐年间，由汪氏族人出资，引西流之水入村庄，南转东出，分流往下，九曲十弯绕着一幢幢古老的楼舍，从条条细而长的"牛肠"穿过月沼（称为"牛胃"），便汇集到南湖（称为"牛肚"）。从而，使汩汩的清泉从各户门前潺潺地流过，滋润得满村清凉，让静谧的山村有了份灵动之感，创造出一种"浣汲未防溪路远，家家门前有清泉"（清代诗人胡成俊《宏村口占》）的良好环境。

那又何为"月沼"？

其实，月沼就是人工开挖的一方池塘，呈半月形，谓之"月沼"，也就是所谓的"牛胃"。塘边的徽式建筑，错落有致地排列着；塘中的花色鱼儿，漫不经心地游动着；而塘边的碧绿之水，却静静地躺在大自然的怀抱中，安详地享受着阳光的沐浴。水映着房，房衬着水，水房交映，形成静中有动，动中有静，五彩缤纷、恬静秀美的一道美景。忽然间，我便产生一种幻想，觉得就在这儿隐居吧！让心灵虔诚无比地归隐在神秘的古朴中，从此过着理想的田园生活。

至于"月沼"为何挖成半月形，有不少的传说。其中，我最喜欢的是关于一个女人的故事。那个女人叫胡重娘。据始料记载，她1379年出生于距离宏村不远的另一个名村——西递。她天姿秀貌，自幼聪慧，而且有非凡的胆识和才干。

古徽州的女人，一向都以"勤劳、贤惠、持家、教子，忠贞、守节、善良、艰苦"而著称。因为古徽州男子多在十三四岁时，就外出经商，闯荡创业，而妻子长年却在家苦度岁月、伺长教幼。如果丈夫卒于外，妻子则守寡终生。古徽州大地上众多的贞节牌坊，似乎就是古徽州女人的形象写照。

胡重娘不仅如此，她还懂得琴、棋、书、画和风水之道，更为突出是她的创新与管理才能。她时常替代在外为官的丈夫，主持村中、族中的事务，久而久之，便赢得了村民的高度信赖，于是，她主持修建了被后世著名建筑学家贝聿铭先生称赞的"国家的瑰宝"——宏村水系。同时，由于胡重娘的男人在外做事，身不由己，几年难得见一回。她又出资挖了这方水塘，以寄托相思，远方的爱人，故取"花半开、月半圆"之意。

我由衷的赞叹，古宏村人太了不起了！

不管你驻足于宏村中的哪个角落，哪个位置，你都会发现并领略到村中居民古朴纯情的生活乐趣。尤其是扑鼻而来的那股浓郁的腊香味。

在宏村，每到过年杀年猪是家里的大事，肉大部分会腌制起来，起缸之后，就会一刀刀地挂在老屋向阳的墙上，多数肉的长度达二尺多。屋子是百年老宅，墙壁有些斑驳，由于咸肉的缘故，反而显得蓬荜生辉。在暖阳的照耀下，便能散发出别样的光彩。

冬去春来，大地复苏，经过春天清新的春风，白花花的肉开始泛黄、出油，等到清明时节，"刀板香"便制成了。此时的徽州，正是春色迷人，鸟鸣花香的季节，腊肉让你垂涎欲滴，也由此成为人们餐桌上的美味佳肴。怪不得在央视热播的《舌尖上的中国》，那别致的名字"刀板香"被收集其中，现在看来，作为徽州最为传统的"刀板香"的确名不虚传，值得保护、传承与光大。

辗转近两个小时后，也许是因为走进宏村，看到的尽是风格独特的徽派建筑，堪称"一绝"的水系……原始的生态，原始的形状和原始的和谐，如同在梦里走进了"小桥流水人家"。但就在此时，笃地闯入我眼帘的却是晃动的人影，游人们似乎都行色匆匆，因为导游总在前边嚷嚷：后边的跟上！庆幸我们没有跟团，可以优哉游哉慢慢欣赏。

　　欣赏中，突然发现一群衣着光鲜的少男少女，犹如棋盘上的棋子，被安放在宏村的每一个角落和每一个部位。原来他们是一群美院的学生，带着画板，小凳子，选择一个角度，写生、作画、完成作业。我便好奇地凑上前去，看一看，几乎千篇一律，最多是角度不同而已，没有什么新意。拐进一小巷，看似无景，却见一男孩专注地在画着什么。走近细看，让我震惊！画面上，一个庭院的门，半边；一堵墙，半边，但门框和墙壁上那斑驳的黑、白、灰，浸染得如此的淋漓。历史感、沧桑感、厚重感是那样的让人震撼。我细细地看看这个画者，不大，不过十七八岁。他很专注，不敢惊扰，唯在心里默默祝福这颗未来之星。

　　就这样！

　　走走停停，游历宏村，我无法用语言诉说她的静美，不能用简单的"喜欢"去描述对她的倾情，更不可在粗略的印象中带走她的图影。

　　停停走走，历经一个又一个著名景点，让我不仅一次次的怀想，这些精刻细镂，飞金重彩的"民间故宫"曾经发生了多少至情至深的故事，只待后人在风中追忆……

　　由于时间的关系，我急匆匆从村中走出。又是蓝天白云，在太阳的平照之下，宏村数百户粉墙青瓦、错落有致的古居民群，雷岗上的参天古木、居民庭院中的百年牡丹和探过墙头的青藤石木，却构成了一幅古朴秀美的水墨长卷，而我，刚好从这画中走出。

　　宏村！不愧是"中国画里的乡村"。

花山窟之谜

我对花山谜窟的好奇和诸多不解，是从看央视四台播放的《远方的家·北纬30°·中国行》节目开始的。梦索魂牵了多年，终于在某年的秋天，我有机会前往花山谜窟，探访这千古之谜。

花山谜窟为远古时期的石窟群遗址，位于黄山市屯溪东郊，是黄山山脉的延伸部分。其石窟均为人工开凿，点多面广、形态殊异、规模恢宏、气势壮观、特色鲜明、国内罕见，堪称中华一绝。

不仅如此，更加巧合的是，花山谜窟的地理位置处在北纬 29° 39′ 34″ 和 29° 47′ 7″ 之间，是北纬 30° 神秘线上唯——处石窟群奇观。美国作家詹姆士·伯斯特曾专门写过一本书《神秘的北纬30°》，罗列了包括埃及金字塔、百慕大三角、雅鲁藏布大峡谷等等千古谜团。它让专家、学者百思不得其解，令许多人好奇不已。可如今，同在这条神秘线上的还有：亚特兰蒂斯大陆、诺亚方舟、死海、撒哈拉大沙漠、珠穆朗玛峰、钱塘江潮、神农架野人之谜、黄山奇观等。似乎在突然间，又让人感到"北纬30°"这根神奇的纬线上，为啥总能出现神事、怪事，并且数不胜数。

由此，眼下的花山谜窟，称奇可见一斑。虽然这座不起眼的高不过一二百米的小山，但在她的腹中，竟然藏着数量多达三十六座、且形态类似于花山石窟群，其全长五公里，呈线性分布在新安江畔连绵的花山山麓中。并且其中有两座石窟群与黄山的七十二峰遥相对应，真不知是出自天然的巧合，还是古人刻意的安排？一处令人叹为观止的洞窟群，却静悄悄地藏了不知多少岁月。

至于说到石窟是怎样被发现的，讲来很有传奇色彩。

据说，在 2000 年的某一天，当地一位老农上山打柴时，无意中踏松了脚下的沙土，土块纷纷滑落，不一会儿，像变魔术似的，露出石壁上深不可测的洞穴。而这一消息却很快让当地的政府知道了，于是，便组织人力对花山进行勘探、分析与研究。历时一年多的发掘，才使这组庞大的石窟群重见天日。

就这样！一座座格局怪异、内部空间巨大的洞窟呈现在世人面前。有的石窟大如地下宫殿、长如地下长廊，有的敞开在山野阡陌小路边，有的却深藏在半山腰荆棘草丛中和妙隐在山脚江河水底……有的洞是洞中套洞、洞中连洞、洞洞相通，有的洞是石柱林立、顶天立地，有的洞却又是空谷幽潭……特别是有两个洞口，开在新安江的江水之中，更为此增添了神秘感。看来，被人们誉为"北纬 30° 神秘线上的第九大奇观"——花山谜窟，她的出现，又给 30° 纬线罩上了一层扑朔迷离的神秘面纱。

那么坐落在神秘北纬 30° 线上的花山谜窟，又有哪些神奇之处和不解之谜呢？

下车后，映入眼帘的是一片满目苍绿，一望无垠的滩涂。洁白的鹭鸟在碧江之上纵情地盘旋着、飞翔着、跳跃着；滩涂上绿草茵茵，农民们在这片绿地上悠闲地放牧着他们的耕牛，放牧着他们对未来幸福生活的希望。新安江从眼前流过，把花山隔在南岸。无垠的滩涂及漫步的游人、绿地上的马牛、款款而行的新安江水、岸边垂钓的渔人、别具一格的悬索吊桥、翔集的鹭鸟……构成了一幅美妙绝伦的皖南山水画，让人心旷神怡。

穿过滩涂，一股股清澈的水流从这里飞流而下，与远处的源水聚合，汇集成旖旎秀美的新安江。由此看来，素有"水性恬美、水色秀美"之称的新安江，它不仅激活了凝固的花山，而且唤醒了宁静的土地，使原本封闭的山区自古就有了皖浙赣"三省通衢"的显赫优势。也许就是这个原因，早在1700年前，中国古代西晋年间，古徽州人顺流而下，来到这里凿石建窟，创造出影响中国封建社会后期的商业神话和文化奇迹。否则，这山也不会给后世的人留下无尽的遐思，而使慕名而来的学者、游人络绎不绝。

　　走过100多米长的索拉吊桥，便正式进入了花山谜窟景区。目前，已探明的石窟有36处，已清理完毕并向游人开放的主要有三处，其编号分别为二号、二十四号和三十五号。

　　有着"地下长廊"之称的是二号石窟，又名"环溪石窟"。它位于半山腰，洞口呈虎口张开之势，总面积为4800平方米，洞深146米。入洞随坡向下延伸，洞内有几十根石柱昂然挺立，组成约长80米、宽1.5米、高4米的地下长廊。洞内雾气腾腾，冬暖夏凉，常年恒温15摄氏度，宛如仙境。其右侧一处有一方形洞口，入内方知廊中有廊。其走向相同，但深度更深，足有百米，碧水满洞，清澈见底，阔可行舟。于是，我俯下身来，把手放进泉水中。哇！泉水凉而不彻骨，净而一尘不染。整个石窟呈楼上楼结构，二楼的地下长廊宽阔、幽长，环境干爽，适宜人居，当然，这是我的假想而已。

　　其实，二号窟中最大的看点是那窟内呈斜面状的石壁，它竟然与外面的山坡坡度完全一致。这不仅让人联想到，在科学技术相对落后的古代，匠人们是如何准确判断出斜面的坡度并使之与山体走势吻合的？这的确让人费解。

　　除此而外，石壁上那一幅形似天然的山水图，更让人赞叹不已！只见整个画面均被褐黄色的秋叶渲染过似的：黑色的丛林、山峰、花草、古民居点缀于秋叶丛中，尤其是那古民居还能明显看出徽派的建筑风格；近处，有一条白色的小河从古民居前穿过，这无疑就是位于石窟外山脚下的新安江……

我沿台阶不断前行，二号窟中的生活气息却越来越浓厚。石窟内不仅有石床、石屋，还有一个类似厨房的小屋子。恰巧的是，两边的裂缝就是排烟系统。抬头仰望，屋顶上好像有因烟熏而留下的痕迹。可是，让人猜想不透的是，这巨大石窟里怎么只有一个小小的厨房呢？从实际用途看，显然没有什么作用。难道是供奉神灵的场所？还是其他什么……这里的一切，都不得而知。

走出二号石窟，乘船而下，便到了二十四号石窟。

二十四号石窟，人们将其冠名为"二十四根柱"。它的洞口有 50 米宽，30 米高，洞口之大极为罕见。窟内有六根石柱，均为三人合抱之粗，它们成两排阵势支撑窟顶，如此四层，上下对接，六根石柱也就变成了24 截，故有"二十四根柱"之名。其实，只要仔细观察便可知，这些石柱就是开采石头时特意留下的支撑体。

不仅如此，更有趣的是，这个洞内因常年积水，水色碧绿，深不见底。传说，水中有红、黄、蓝、白、黑五色怪鱼，当地政府为了探明水下谜窟的真面目，曾组织三台大水泵昼夜不停地抽水，一直抽了 12 天，才见到洞底，结果五色怪鱼没见到，倒是捕获了不少活鲫鱼。为此，这个石窟为什么会积满了水？源源不断的活水又从何而来？越来越多的疑问困扰着探谜者，至今仍然是个谜。

从二十四根柱原路返回，沿幽谷而入，就来到三十五号窟。

三十五号石窟，名为"清凉宫石窟"，是目前中国现存最大的古代人工石窟。开洞之初，此处有上千万只蝙蝠，人入此洞，惊飞蝙蝠，其若黑雨旋风，搅得天旋地转，故又名"蝙蝠厅"。

"蝙蝠厅"，深 170 余米，最高处 18 米，总面积约 12000 平方米。石窟口小洞大，有一段 20 米长的引洞。走到引洞出口处，豁然开朗，让人感到这就是一座惊人的地下宫殿，面积足有 4000 平方米，空旷神秘，奇妙壮观。

然而，在环绕宫殿的 36 间大小不等的石房中，最小者仅有两平方米，并且石房的墙壁厚薄不一，最薄处仅为 10 厘米。这些石房三面封闭，仅临殿堂一侧有一个洞门，门洞仅容一人进出。除此，石窟内还有许多石床、石桥、石楼、石槽、石塘等点缀其间。看上去这石洞正如一个石雕的皇宫大殿！

溯流而上，穿行于偌大的洞窟中，虽然没见天然溶洞钟乳石那种绚丽景观，但那陡峭的红麻石洞壁，如故宫红墙，暖暖的橘红色视觉效果，恍如走进了金碧辉煌的宫殿。一会儿，就到了洞内最低的地方，其顶上的石壁清晰可见精雕细刻的花纹。虽然这里已经位于新安江水面以下两米，上下落差有 25 米，但是洞内的通风状况良好，所以，人在洞底并没有任何不适的感觉。并且不管你发出的声音有多大，在洞内都听不到一丝回音，这是天然溶洞所不具备的。

同时经考证，三十五号窟开掘出的石料不下几十万立方米，这些石料足可以铺就一条从黄山到杭州 200 公里的石路，其他 35 个石窟开采的石料堆集一起岂不铺天盖地？奇怪的是，这些石料现在根本不知被运往何处了，用在何种如此之大的工程上？还有洞内的潭水从何而来？如果是新安江的水，那为何洞内水位要低于新安江水位两米？如此等等，疑虑又怎样解除。

辗转几个小时后，对花山谜窟的游览，总算结束了。游人在这里，在这神秘的花山上，感到花山谜窟就是一座艺术的宫殿，尤其是那岩壁上当年的凿痕印至今依然清晰如昨。石窟内 18 种凿纹，鬼斧天工，有的似天象中的云鳞，有的似鸟兽中的羽毛，有的似植物中的叶脉，有的似山水中的水波。这些奇妙美丽的凿纹……使你从中领略到大自然的壮美与大自然的奇迹，在感叹的同时，想得更多的却是这些石窟，这样大规模人工开凿的地下洞穴，洞内既没有其他地方常见的壁画佛像等物，也没有只言片语和实物来证明这些洞窟的形成和作用，不但当地的民间传说中没有蛛丝马迹的流露，就是官方的"史""志"中，也找不到任何的记录。如此旷世罕见、历史悠远的石窟群为何迟至今天才被发现？四年前石窟群的开发拉开序幕，海内外各路专家学者就报以浓厚的兴趣对其进行探测、考证。可至今日依然疑窦丛生。

在中国，地下洞穴数不胜数，比如贵州安顺龙宫、江西彭泽龙宫洞、广西柳州都乐岩、桂林七星岩与芦笛岩、阳朔聚龙潭等，这些都是喀斯特地貌，是石灰岩中的碳酸钙被水溶蚀后逐渐形成的天然溶洞，科学上早有定论。另外中国还有四大名窟：龙门石窟、云冈石窟、麦积山石窟、敦煌莫高窟，它们都是佛教的洞窟建筑，专家们也已经有了深入的研究。但就是眼下的花山谜窟则不同，这确实给今天的人们出了一个难解的谜题。

有了谜团，各种造洞传说也就见仁见智，热闹纷纭。

有"徽商盐库说"：徽州山民所需食盐由徽商从山外水路运来，必须大容量的盐库囤积；"采石场说"：花山开采的石料从新安江进运河木排长驱十三陵，用以造地下宫殿；"方腊洞说"：据《中国通史》记载，1120年秋，安徽歙县人方腊在浙江青溪帮源洞点燃起义之火，方腊的队伍转战于浙江、安徽各地，石窟群一带为他主要的安营扎寨之地；还有"贺齐屯兵说""屯粮洞说""徽州府渔梁坝说""道家福地说""巨型石文化建筑说"……甚至专家还说，是岁月的更替，使得原来的河床大大升高，使得原来处于山脚下的石窟洞口渐渐被水淹没，等等。这些猜想都有道理，但又不能自圆其说或想当然。

其实，依我看，谜团解不开，也许会更好，就像这花山窟一样，探秘、揭谜反而是她的一大魅力，反而给游人增添了许多悬念、遐想和情趣。正因为这样，才使得花山"石窟"成为名副其实的花山"谜窟"。

天色渐渐晚了，天空和花山深邃幽静。我和许多游人一样，带着许多不解和疑问，恋恋不舍地踏上了归途。

车轮启动了，花山谜窟在车轮的滚动中渐行渐远，而身后，那金秋的阳光却像条暖色的锦被披在大山之上，壮观又不失柔媚，奇丽而又充满诗意。

　　我打开车窗，望着远去的花山，默默地问自己，今后还会来花山谜窟吗？

　　我自问自答：我想会的，一定会的，因为到那时，花山窟之谜的神秘面纱已被揭开了，我必须得来，和你相约！

灵秀的齐云山

一路连绵的小山，已渐行渐远，被车甩到了身后。

远远望去，齐云山虽无黄山那么雄伟高峻，气势磅礴，但崖壁直削，险峻雄奇，绿树掩映，谷地幽深，深不可测，素以"山奇、水秀、石怪、洞幽"而著称。尤其是那"一石插天，直入云端，高与云齐"的峰廊岩更为耀眼，所以，"齐云山"也因此而得名。

齐云山位于休宁城西15公里处，和江西龙虎山、湖北武当山、四川青城山并称为中国四大道教名山。齐云山古称白岳，与黄山南北相望，由齐云、岐山、白岳、万寿等九座山峰组成，间以幽洞、曲涧、碧池、青泉汇成胜境，风景绮丽，奇巧多姿。其地貌和福建武夷山、山东丹霞山及金鸡岭并列为华夏四大丹霞奇观，故又有"黄山白岳甲江南"之说。

据说，齐云山自晋朝以来，历代文人墨客、高官巨贾纷至沓来，这成了他们聚集、会友、游览的垂青地。李白、朱熹、朱升、唐寅、海瑞、戚继光、徐霞客、郁达夫等慕名登山。以一睹齐云神山秀水为人生一大快事，他们寄情于峰岩之上，或赋诗题词，或竖碑为记……几乎是峰峰有题字，崖崖有碑铭，多达1500多处的摩崖石刻，留下了极为丰富的珍贵文化遗产。特别是那紫霄崖下，明代江南才子唐寅所书的《紫霄宫玄帝碑铭》，高二丈四，字迹工整，风格苍劲，气势雄伟，堪称古碑精品，的确令人叹为观止。用大文豪郁达夫的话讲："齐云山有一部伟大的金石志好编！"难怪乾隆皇帝巡游江南时，也慕名而来，给齐云山留下"天下无双胜境，江南第一名山"的赞美诗。

如今，齐云山正式被列为国家重点风景名胜地、国家地质公园、国家森林公园，集道教文化、摩崖石刻、丹霞地貌、湖光山色于一体，与黄山、九华山鼎足皖南，相映生辉。

下车后，随着欢快的人群从刻有"齐云山"石柱的左边，沿路而行。走着走着便闻到一股干净、清新而觉得又有点甜的水的味道。

原来在碧透的横江上，有一座"跨川如虹，卧波如龙"的古石桥，那就是登封桥。它背靠白云缭绕的齐云山，与林间隐约的黑白徽派民居和粼粼的江水交相辉映，动静相宜，相得益彰，清晰地勾勒出它遗世独立，顾盼生辉，把人对风水的认识推到了极致。

登封桥八墩九孔，桥墩形状奇特，状如船形，好似江面上静立的小舟而桥面则似避风的港湾，给予人们保护，就像明神提供给无家可归之人那样的守护。其实，这登封桥可有段历史了，它始建于明朝万历十五年（1587年）。传说，桥成那天，古之贤正主持庆典，朝廷使者驿书恰至，升古之贤为广东按察司副使，于是，休宁县民感其德政，祝古之贤被封大官，步步登高，便将该桥取名为"登封桥"。

拾级而上，牌坊上书"登封桥"，一派古派建筑风格与其相映，像带人穿回了明代时期，它仿佛沉睡了几百年之后，突然醒来，却依旧睡眼惺忪，迷离但优雅，梦幻但现实。难怪到此一游的游客都忘不了那句谚语："登封桥上望一眼，高瞻远瞩福不浅；登封桥上走一走，延年益寿九十九。"这也算是一种精神寄托吧！

跨过登封桥，穿过村庄，便可登上朱红石阶。因为齐云山属于典型的丹霞地貌，其地质构成为层积砂岩，赤如朱砂，灿若红霞，开山者就地取材，用这山上的朱砂岩铺设山道，好让游人行走在上面，有种走红地毯的感觉。其用意：一来让你不觉得地势之险；二来让你静下来心来领略齐云山的秀美风景。

从此处向上仰望，眼前尽是层峦叠嶂，绿树掩映，云雾缭绕，白与绿裹不住山体那如锦似霞的紫红，到处是花奇草绿和野花的幽香，而让齐云山变幻着多姿多彩的画面……神奇的大自然牵引着我，让人全身心置于大自然的怀抱中。来到齐云山，真是人生一大幸事。

过了十二亭，漫步其上，便是望仙亭。其一亭玲珑，双层重檐，粉墙黑瓦，雕梁画栋，立于悬崖之边。传说曾有个灵乙道人，在此受八仙之一的铁拐李点化，飞升成仙。徒弟见师父飞升，羡慕至极，却因"六根未净，凡胎未脱"，修行未果，登天无术，急得望天而拜，盼望也有仙人点化自己，修成正果，"望仙台"之名便因此而来，同时也验证了"钱乃身外之物"的一句古语。

出了望仙楼，走过一段绿荫掩映的石阶，就是横跨桃花涧之上的"梦真桥"。这座建于明嘉靖三十四年（1555年），长18米，宽3米的石桥，左倚榉树，右临丹崖，显得古朴而典雅。那梦想成真的"梦真桥"和寓意一举成名的榉树，被天下学子尊为祈求学业最为灵验的地方。怪不得山下的小县城休宁，历史上曾出了19个皇帝钦点的状元，居全国之首，被公认为"中国第一状元县"。不妨在此，你也为家中读书的孩子许个愿吧，用这"神风灵气"来抒发情怀，吐露梦想，以求中举。

过桥后，经过忠烈岩，就到了"寿"字崖。

据记载，丹崖上勒有黄色的"寿"字，出自老佛爷慈禧之手，字高九尺九寸，宽六尺六寸，笔法苍劲有力，字体浑圆饱满，寓"九九归，六六大顺"之意。

虽然慈禧一生祸国殃民、专横残暴，可作为女人，她却是女中孝女，在其母亲七十大寿时候，她不仅写了"寿"字，还分别用满文、汉文撰诗，曰："世间爹妈情最真，泪血溶入儿女身。殚竭心力终为子，可怜天下父母心！"可见，人是感情动物，有其多面性。慈禧也应如此。

　　游齐云山要过一天门、二天门和三天门。一天门看上去只是个天然洞门而已，形如靴印。但却有"一夫当关，万夫莫开"之称，被人们誉为"崖下窟窿"。传说，此处是玄天大帝与地藏王为争仙境宝地，斗法时一脚踢出来的。不难想象，两位天界达人都为这块风水宝地而拼死力争，齐云山的绝美神秀可见一斑！果真如此，从逼仄的山道进入"一天门"，顿时让我豁然开朗，四周峭壁耸立，石刻碑铭星罗棋布，琳琅满目。摩天抚地的崖刻：巨笔如椽，雄劲豪放，气势不凡；精雕细镂的碑碣：飞龙走蛇，俊逸潇洒，风格迥异，艺术的宝藏让人目不暇接，美不胜收。

　　过了门洞，就到了真仙洞府。洞府由"八仙洞""罗汉洞""雨君洞""圆通洞""文昌洞"等组成，环成一幅"天开图画"。洞顶之上是百丈丹崖，崖顶泉珠散落，形成薄薄的水帘，称"珍珠帘"；洞前有池，水青碧，称"碧莲池"；池对面，遥遥有一孤峰，形状酷似香炉，称"香炉峰"。"珍珠帘"珠洒"碧莲池"，"碧莲池"遥对"香炉峰"，那是怎样的一种意境？难怪徐霞客也要惊叹："珠帘飞洒，奇为第一！"

　　但最引人注目的还是"天开神秀"那四个大字，笔体苍劲飘逸，大气醒目，给人以大拙之美。从题款上得知，写字的是一个姓吴的人。我想知道此人的一些情况，便在一个小摊上翻了一下旧书，但未能找到一点痕迹。这时，正好旁边走来了一位老者，我指了指那几个字问他。他也摇了摇头。我虽然有些失望，但转念一想，不知道也罢，有了这四个字，也就足够了，也算他没有枉活一生。从旁边的时间看，字是明朝嘉靖年间写的，到现在也有好几百年历史了。几百年的时光荡走了多少尘世风雨，又有多少众人的目光从这里掠过，都想从中寻找一方净地。然而，当众人举过头顶的香烛，在划过眼前的神像时，那青烟就像是山谷间腾起的烟雾，把一切都遮掩得隐隐约约，飘然远去，只剩下一点或明或灭的灰烬。但，香火却依然不绝。

　　而此时的我，却不知道她们为何要来此礼拜呢？也许是出于一种情绪的使然，想在天下名山中汲取这工画的精髓；也许是想在大自然中，感受她的纯净与美丽，以此来丰富自己的内心世界；也许再往深处想，更倾向于一种与世无争的境界……

在猜想中，我疑似行走在另一个世界上，另一个球星上，走过了二天门和三天门。其实，二天门和三天门均系人工修筑，没有多大特色可言，但筑起的这三个天门，不知是否寓含着"道生一，一生二，二生三，三生万物"之意呢？还是出于其他什么，这些我一概不知。不过，导游是这样介绍的，只要你穿越了这三个天门，就象征着脱离了"俗世凡尘"，来到了道家仙境。

虽然在这一刻，我知道，我不能、也不可能羽化成仙、成仙成道，但通过亲近大自然，我却达到了心灵深处的觉醒，什么尘世纷扰、利来利往、私心杂念等全置脑后，实现了心灵的超脱和升华。可以说，这个过程，绝不亚于基督教徒作洗礼的那种神圣感。

于是，我带着舒心、豁达的心情来了月华街。

月华街围聚在半圆山腰的翠绿之间，状如一弯月牙，也称"月华天街"，这是山上的街市，处处充盈着古朴和幽雅：丹崖之上白墙黑瓦，阴阳分明；街巷之间雾漫云飞，清新迷人。道观与民居相间，道士与居民错杂。这里的道士信奉的是龙虎山张天师创立的正一道，多不出家，荤素不忌，可结婚生子，名曰"居家道士"。有家有妻小的道士，除了从事道教还得承担家庭的责任。据说月华街居民多为历代道士后裔，亦道亦民，蔚为一景。

但月华街最久盛名的道观是太素宫，背倚玉屏、东钟、西鼓三峰，面对孤峰独立、雄伟挺拔的香炉峰，俨然天造地设的钟、鼓、香炉，天成风水宝地。传说当年明世宗三旬无子，张天师为其在齐云山建醮求子，应验后嘉靖帝龙心大悦，下旨敕令建了"玄天太素宫"。从此，齐云山便声名远播。

其实，齐云山的自然景观，真的是数不胜数，比比皆是。什么 36 奇峰、72 怪崖、24 飞洞，什么步云亭、登高亭、松月亭、海天一望亭以及盛放仙丹的宝葫芦（小壶天）、楼上楼、玉虚宫、五老峰……令人目不暇接，眼花缭乱。许多景点也只能一走而过了，留在齐云山的遗憾也许是一种美。对齐云山永远充满向往与想象，永远充满期待与幻想。一环接一环的长卷把满山的风景逐一描绘，长卷上写满齐云山的传奇、远古的痕迹；刻满了古往今来文人墨客的褒赏与挚爱。

随着山势越来越高，林子也越来越稀薄，不一会儿就到了峭拔天险、独峦不群的独耸峰山腰，只见一条狭窄的石阶顺山脊直插峰顶。我面对如此陡峭险峻的阶梯，勇往直前，一鼓作气攀上了独耸峰。我一抬头，只见悬崖峭壁上刻有几行字，由于字迹细小，又经过岁月的风化，看起来不是十分清楚。当我走近时，才知道，这个地方就是"方腊寨"，上边矗立着一组石雕：方腊手握大刀居中，方腊的军师汪公老佛手托太极球居左，双剑在手的妹妹方百花居右，英雄浩气，挥斥方遒。

我却暗中一惊，这就是传说中的方腊洞吗？于是，我便沿着杂草丛生的古道寻找，却不见当年安营屯兵的地方，洞穴的附近没有一丁点方腊留下来的石刻或其他什么，只有一处危崖下凹陷处正在整修，除了堆积的石料，却是空空荡荡的，没有人的踪影。我原以为已到了方腊洞，可下山后才明白：真正的方腊洞并不在独耸峰，而是在浙江淳安洞源村，那是方腊最后坚守和被捕的地方。

传说，八百多年前，方腊发动农民起义，声势浩大，攻城掠地，杀富济贫，建立政权，且威震东南。朝廷三次下诏招抚，均遭其严词拒绝。为抗击官兵围剿，方腊义军屯兵齐云山独耸峰，凭借天险，把守要隘。本可长期固守，但因叛徒决了天池，烧了粮草，义军陷于绝境。方腊设计巧退敌军移师浙江，后在淳安帮源洞被捕。1121 年秋，方腊在汴京遇害。方腊，一代英豪，虽然最终没有逃脱农民起义失败的命运，但他揭竿而起的造反精神永留史册，与齐云山同在！

下了独耸峰，走过一段内倾的负坡，便来了一个山崖上，只见前面的山头耸立着一座亭子。等我走近亭子才发现，路边石头上写着：最高峰。原来这里是最高处。其实"最高峰"也仅有 585 米，不算太高。在一处倾斜的崖石上，凿有一张座椅模样的台子，题为"思耻台"，是齐云山道人省身思过的地方。道家真是有自知之明：人非圣贤，孰能无过？三省其身，知耻不耻，知错就改，善莫大焉。

我极目望去，只见群山绵延，天际寥廓，不由让人有一种"会当凌绝顶，一览众山小"的感受。再往下看，山岚飘浮，万木吐绿，无不为大自然的独具匠心而赞叹不已。当我下来的时候，背后却传来了一阵美妙的铃声，那正是亭子上的铃铛声，由于四处空阔，显得又脆又响，那铃声仿如就是一曲大自然美妙的天籁，听起来十分悦耳，让人毫不觉得倦怠。

美景总在前方，只要你不停息，更美的风景就会在前方等待着你！不到齐云山，就不知道山路有多险；不到齐云山，就不知道树有多翠，花有多美；不到齐云山，你就永远领略不到齐云山的峰伟峦高……

齐云山！你以神奇秀美的丹霞地貌、厚重神秘的道教文化、琳琅满目的摩崖石刻、婉约内敛的徽州田园，组成了一幅斑斓恢宏的山水画卷。匆匆而行的我，只能品读其一幅画面、一个章节，无暇阅尽全画全诗。不过，留下遗憾也好，也许，我也会步徐霞客后尘，再次拜访灵秀的齐云山！

笔走徽州古城

不知道为啥，也许是一种天生对历史的崇敬之情，在每一次选择目的地的时候，总是不自觉地对那些拥有历史文化沉淀的古城情有独钟，心向往之。这时候我总会想起印度著名诗人、文学家泰戈尔的那首诗："你微微地笑着，不用我说什么话，而我觉得，为了这个，我已等待得久了！"（《飞鸟集》）也许就是为了这一次期待已久的相遇，而早早地在心中勾勒出她的样子。

于是，在初秋时节的一天，我专程去了一趟歙县。

那天上午，我们从南京出来，头顶着毛毛细雨，沿着高速公路，在中午的时候，便到了歙县的县城，匆匆吃过午饭后，就踏进了徽州古城。

据考证，歙县古称新安，后改歙州，自秦建制以来，历为郡、州、路、府的所在地，是古徽州政治、经济和文化中心。由此，因歙县是古徽州府治的所在地而得名为"中国历史文化名城"，并与四川阆中、云南丽江、山西平遥并称为"保存最为完好的四大古城"。历史选择了徽州古城，自然就有选择她的理由。

徽州古城，也称歙县古城，历史悠久。据唐《元和郡县志》记载，东汉末年，乌聊山有毛甘故城，其等级分明，分为内子城和外罗城。子城周一里四十二步，为郡治和郡王宫室所在地，有郡王宫霞、东西宫廨、正门楼（即二十四根柱）等建筑，宛然王城建制；罗城周四里二步，为士民商贾住居地。宋《太平寰宇记》有"毛甘领万人屯乌聊，孙权遣贺齐平之，时歙县已治此"的记载。汉末至隋，未见有变更县治驻地的记载。隋末义宁中汪华起兵保境，将郡治自休宁县万岁山迁此，并在毛甘城故址筑郡城。此后，至清末的近 1300 年中，其一直为郡、州、路、府城，而县治则附郭无城将近 1000 年，直至明嘉靖三十四年（1555）知县史桂芳倡筑县城，并于明嘉靖三十九年建成。

至今有着 500 多年历史的徽州古城，是历史彰显的记忆。世上几多古城兴于治，废于乱，成了朝代更迭的见证。治则兴，乱则废，是古城命运的不二选择。如今，古城有幸，再现人世，乃歙县大幸！乃国人大幸！古朴的人文遗迹、众多的历史人物、久远的民俗风情、秀丽的自然风光、隽永的徽派建筑、悠长的古街小巷、精湛的三雕工艺、源远流长的徽菜……将历史与现代、人文与自然、多彩与黑白完美融合，才有了令人向往的旅游热土，让人们在纯粹的状态中，释放自我，放空自我。

歙县位于杭州、千岛湖、黄山、九华山的中心点。徽杭公路、屯芜公路在此交会，皖赣铁路穿越而过。这儿不仅交通便捷，而且山明水秀、风光旖旎。因此，她是徽商、徽州文化及国粹京剧的发源地和文房四宝之徽墨、歙砚的主要产地。

为此，古城却记得，那每一块砖和每一块瓦都记录着曾经用自己的智慧与汗水完成的壮举。你看，那黑白辉映的马头墙就宛如一位慈祥的长者，在那儿默默地诉说着岁月的沧桑。

长期以来，徽州因地势原因，"力耕所出，不足以供"，民生维艰，生活在艰苦环境中的徽州人，倡行节俭，建造宅第时往往因陋就简，就地取材，在确保坚固实用、美观大方的基础上寻求朴素自然、清雅简淡的美感。同时徽州人还有个共同的特点，那就是在构思村镇蓝图时，最善于抓住山水做文章，其表现为：山峦为溪水骨架，溪水是村落血脉，建筑物成了依附于血脉——溪水及其支流（或人工沟渠）的"血细胞"，故徽派建筑群体布局时，最重视周围的环境，参考山形地脉，水域植被，或依山傍水，或枕山跨水，力求人工建筑和自然景观融为一体，让居家环境静谧优美，舒适雅致，如诗如画，保持人与自然的天然和谐，不愧为"东方古代建筑艺术的宝库"和"中国传统文化的缩影"。

这就是歙县人的智慧和开阔的胸怀。

古城记得，每一座古桥以及每一块青石留下的历史。号称"徽商之源"的渔梁，始建于唐，后在明代重建至今。它是徽商兴盛数百年的重要水路码头，至今还保存着古代街衢、水埠和码头的原始风貌。是徽商外出经商往返的必经之路。

其实，在这风光的背后，却有一个又一个让天动容，让地不忍的离别之痛。自明清三四百年来，女人一旦嫁到徽州或被叫作"徽娘"，就成了"活寡妇"，只能守着自己的一亩三分地，寒也好，贫也罢，求一家团聚，便变为每一个徽州女人的愿望。没有选择权利的她们，唯一能做的，就是学着婆婆，太婆婆的样子，把自己的男人和自己的儿子一次又一次送上一艘即将远行的帆船……"念此去千里烟雨，望断天涯不知何时归。"徽娘们，那手挎着一箩，踮着小脚，前来送行的情境，却反反复复刻进渔梁坝上每一块重达吨余的石块里。

简单的生活，善良的心境，这是我眼中的歙县人。

古城记得，从东到西"忠、孝、节、义"；从西到东"忠、孝、节、义"。七座牌坊，"义"坊居中，均由"歙县青"架构而成。数百年来，就依照这样顺序的排列着。其实，这座古城有太多的催人泪下的故事。

几百年来，屹立在村头的牌坊却讲述着一代代徽州女人的凄楚往事：民谣曰"前世不修，生在徽州，十三四岁，往外一丢"。它告诉人们，古老的徽州曾经是那么的偏僻荒凉，山高路远，土地贫瘠。特别是明、清两代，真正让徽州声名远播的是徽商，他们十三四岁开始到外面闯世界，讨生活，发了家，挣了钱。但家中的大小事务全凭妻子一人照料。因此，徽州女子不仅要哺育子女，还要赡养父母，甚至还要让她们去面对——丈夫发达了，可能永远把她遗弃在故乡；丈夫命运不济，客死他乡了，他们的痛苦更深更沉。徽州女人，她们不畏艰难困苦，用一生守望着与丈夫携手的诺言，就这样无私的奉献着，直至长眠于地下……当然，这七座牌坊，不光诉说歙县古徽州人对"忠孝节义"的无私奉献，也记述了古徽州人战天战地战自我的那种"徽骆驼"精神。其实，这也是一种境界，一种品质，这种美好的境界和品质，已经灌注了徽州人的骨子里，已经渗入了徽州人的血脉里。

在众多的牌坊中，位于城中的许国石坊却是独树一帜。古时立坊有严格的规制，一等御制，二等恩荣，三等圣旨，四等敕建。许国石坊属许国生前所建，且是属于皇帝才能享受的八脚牌坊。至今，外地游客来徽州，歙县人都会兴致勃勃地说起这个"八脚"的来历：许国，明朝嘉靖、隆庆、万历时期的"三朝元老"，因劳苦功高，皇帝特许建造许国牌坊。原本皇帝是颁旨许国建造四角牌坊的，但智勇双全的许国，聪明地抗了一次旨，便给歙县大地增添了一幢巍峨的牌坊。

许国石坊的左边是徽园，素有"徽州文化大观园"之称，再现了徽州明清时期的风貌，气势宏大，鳞次错落，脉传徽州文化之神韵，新创徽派建筑之精华。走进徽园，就如走进了婉约的江南。继续往前走，不远处就是人民教育家陶行知少年时读书的崇一学堂了，后修建为陶行知纪念馆。新建部分与老馆衔接，仿徽派建筑，给人以情的熏陶，美的享受，行的启迪，力的源泉。一进大门，宏伟典雅，风格独特的瞻仰厅展现在你的眼前。"万世师表"匾额，金光灿灿，是宋庆龄手迹。陶行知书写的对联"捧着一颗心来，不带半根草去"，是他终生恪守的人生真谛。正中照壁上"伟大的人民教育家"金色大字，潇洒飘逸，刚劲有力，是一代领袖毛泽东同志对陶行知先生的誉称。纪念馆里面陈列着陶行知先生的著作和他生平事迹的图片、报刊以及世界著名人士的题字，陈设都是故时的面貌，令人肃然起敬。

古城还记得，太白楼，它位于太平古桥西侧，为黄山至千岛湖途中必经之地。相传，唐天宝年间，诗人李白寻访歙县隐士许宣平，结果在练江之畔失之交臂，后人为纪念此事，便在李白饮酒的地方建起了这座太白楼。

该楼为双层楼阁，挑梁飞檐，为典型徽派建筑，楼内陈列有历代碑刻，古墨迹拓片，古今名人楹联佳名。游客登楼可以饱览城西山光水色、古桥塔影。

古城更记得，有着古徽州府象征意义的徽州府衙，它在宋绍熙年间（1191－1194），曾毁于大火，随后重建，且又经历数次扩建，到明代中期达到了格局最为完美、规划最为恢宏的历史时期。其整个建筑由南谯楼、仪门、正堂、二堂、知府廨等五大组群组成。它不仅气势恢宏，规模庞大，而且把明清时期的徽派建筑风格体现得淋漓尽致，因此，在建筑、史学界素有"徽州故宫"之称。

在整个建筑群中，仪门是必经之地。它由中门和左、右边门组成。其中门只有在迎接朝廷圣旨、上级大臣和举行重大仪式时才能打开，一般情况下只开边门。

穿过仪门，呈现在眼前的就是左厢房、右厢房。左右各三间，那是官员办公的地方。按照左文右武的古制，左边是工房、礼房、吏房，右边是刑房、户房、兵房。左右廊房前各有一座"息民亭"，供来府衙办事的百姓休息。

仪门的正前方就是整个府衙的核心——正堂。其建筑设计辉煌宏伟，双人合抱的山楂木柱子、冬瓜梁、斗拱、屏风，乃至寓意吉祥的祥云、福寿图案，都体现了徽州古建筑的精髓，让人叹为观止。正堂又称公廉堂，是知府发布政令、举行庆典、审理重大案件的地方，庄严肃穆。正堂地势高，体现权力的至上。

穿过正堂就来到后堂，后堂是接待贵宾的地方。后堂正中悬挂着

"一府六县"的行政区划地图，六县分别是：歙县、黟县、绩溪、婺源、祁门、休宁。整个建筑延伸了正堂的格局，散发着徽文化的气息，让人触摸到了徽州文化历史的脉搏。

正堂两边有宽敞的回廊，环境优雅、静谧，是古代官员休闲的地方。清澈的池水映衬着亭台楼阁，悠闲的鱼儿在水中自由地嬉戏，透过天井，看白云描绘蓝天，听清风浅唱低吟，乐在其中……

俯瞰徽州府衙，粉墙黛瓦，鳞次栉比，错落有致，与整个歙县古城融为一体，宏伟壮观，气势磅礴，充分展现了徽州古典建筑的魅力。尤其是修复后的府衙，与阳和门、南谯楼、古城墙、许国牌坊等成为歙县古城最具代表性、最具震撼力的古建筑群，让人不得不由衷的感叹！

就这样，我的脑海里一直都震荡着徽州城的历史和那些不为人知的故事。

我该如何运用手中的笔来表现徽州城的过去、现在与将来呢？

思考中的我，却无巧不成书看到不远处那显示屏上的一组镜头：只见那女子身着一件淡绿花上衣，下束粉色碎花长裙，逶迤拖地，一根银簪将满头乌丝束成发髻，左手罗帕，右手羽扇，青黛娥眉，满眼哀怨，斜倚"美人靠"边，凝神天空中燕子掠过的呢喃声……这不是电视剧《新安家族》中的一个片段吗？说的是旧时徽州女子在大宅院里"风住尘香花已尽，日晚倦梳头"的画面。

当然，远不止这些，但凡对徽州建筑风格有所了解的人，说起徽风徽韵，脑海中总会浮现起"白壁黑瓦马头墙"以及那些镶嵌在门楼处、斗檐上、窗楣间精美无比的"徽州三雕"——砖雕、木雕、石雕。事实上，这只是"深深庭院锁清秋"的徽州大宅院的组成部分之一。透过错落有致的马头墙，你可以看见徽州庭院典型的"四水归堂"，祠堂、民居莫不如此，这是徽州人"肥水不流外人田"的真实写照。故，徽州女子自从嫁进这个只有一面四方天空的深深庭院后，便须遵从"三从四德"，丈夫不在身边的日子里，伴着孤灯，在苦苦等待中品味"庭院深深深几许"的悲凉。

　　庭院有多高，小巷便有多深。在歙县，徽风徽韵徽民居间的街巷，深深仄仄，走在街上，犹如走进了"清明上河图"。有着"唐宋元明清，一路看到今"美誉的斗山街，那青石板铺就的巷弄，无疑就是戴望舒笔下的《雨巷》：轻轻地，我来了……

　　轻轻地，你来吧！总有那么一处风景，或孤傲，或质朴，或惊艳，能瞬间打动你的心。如果你不来歙县，如果你不来徽州，那么明代剧作家汤显祖"一生痴绝处，无梦到徽州"的千古悲叹，恐怕也会在不经意间从你的口中流出，而淋湿徽州古城的大街小巷……

　　有了，那我就从戴望舒笔下的《雨巷》——斗山街写起吧！

踏访屯溪老街

对黄山市的屯溪，我一直心生向往，她的神秘感充塞了我的整个胸膛。于是，我趁着初夏的季节，经过一个多小时的车程，来到了心仪已久，有"一半街巷一半水"美称的屯溪老街，踏街访古。

屯溪是黄山的南大门，是一座古朴幽雅近似山庄的古镇。原名屯溪街，古为休宁县首镇。而这老街却位于新安江、横江、率水河汇合处的三江口附近，这儿不仅是老街的发祥地，也是屯溪的发祥地，更是当年徽商的大本营。

相传三国时，吴国威武中郎将贺齐，为了征伐当地少数民族"山越"，曾乘船路过此地。他眺望率水、横江蜿蜒而来，望青山环绕，绿水荡漾，风光秀丽的景色，问及部下此处是何地，乃答道：无名地也。贺齐沉思片刻，自言自语，"我等屯兵于溪水之上，称屯溪也罢"——屯溪也因此而得名。

不过，那时老街还是一片空地。

据史料记载，老街起源于宋代。最初，从外地来了八户做买卖的人家，建房造屋，扎根此地，于是，就留下了地名——"八家栈"。后随着这八户人家的生意越做越大，他们在原有的基础上，又往前新建了一批店铺。从此，附近的一些小商小贩看上了这块风水宝地而纷纷来到这里，建房安家，经营店铺，老街的雏形就形成了。

到了元末明初，一位名叫程雄宗的徽商，模仿宋城的建筑风格在家乡大兴土木，一下子在老街上兴建了 47 家店铺。据当地老人回忆，除了部分是其他的营业外，所有的店铺主要是客栈，在当时人口与旅游业并不发达的情况下，使老街与外界的流通逐渐增多；清朝初期，老街发展到"镇长四里"；清末，屯溪茶商崛起，茶号林立，街道从八家栈不断延伸，形成长达一公里的老街规模。

到了抗日战争期间，为躲避战乱，江浙一带大批商人和难民涌进屯溪。一时商贾云集，百业荟萃，经济繁荣，屯溪跃升为皖南重镇，成了徽州物资的集散中心。人称"小上海"。

下车后，我们一个左转，便踏上幽幽石板路，竟然是另一个世界：略有起伏的窄窄灰色石板路，曲、静、幽、深，显得十分古老，有一种怀古思幽的感觉。前面是闪烁的霓虹灯，喧嚣的店铺和行人，而巷道顺着仅限一人走过，后面的老街人家虽有着高矮不同的院墙、样式各异的院门，但我琢磨着，平常悠闲的时光大抵相同。

这就是著名的屯溪老街。难怪在 2009 年，屯溪老街与北京国子监街、苏州平江路一同当选为"中国历史文化名街"，的确名不虚传。

街是老的，只是几经沉浮，依然变成游客爱去的繁华地段。只是，在这里发生过的历史故事，却成了这条街抹不去的文化记忆。

屯溪老街依山傍水，就地势自然形成，山与城，街与水，呈平行结构。一条直街、三条横街、十八条古巷如经似纬，织成与山水相沟通的"网"。由不同年代建成的三百余幢徽派建筑构成的街市，呈鱼骨架形分布，西部狭窄，东部较宽，宛如一条巨型鳜鱼，卧于新安江畔，成为我国古街市中独有的"风景线"。无怪乎别人都说，老街是一幅"活动着的清明上河图"和"东方的古罗马"，一点也不过分。

踏着青石板路，从街西头匆匆跨进老街，一种久远的味道扑面而来，仿佛在突然间，就迷失在 15 世纪的中国街市。街道两旁店铺林立，鳞次栉比，全为砖木结构。古意盎然的茶楼酒肆，店铺字号，书场墨庄，各类作坊坐落其间。迎面而来，或是朱阁重檐，或是金额漆匾，或是旗招幌挑……充足了古风神韵，令人目不暇接。

由此可见，这条街，虽然伴随着岁月走过了 500 多年，但她依旧一身古朴典雅的唐装打扮，清纯婉约，端庄秀丽，尤其是那古砖砌就的拱桥，未曾"加工"的河道，清澈见底的河水，两旁存有的古玩店、玉器店、字画斋、文房四宝铺、徽派餐厅、食品店……一片片瓦，一堵堵墙，一座座楼阁，一块块慢雕细琢的歙砚，一支支工艺精湛的徽笔以及完好的地貌和不见"美化"的市容……所有的一切在告诉你，这里的环境、植被，乃至于民风，似乎"不知有汉"，尤其土地和资源，当今路人皆知的"唐僧肉"，竟完好无损没有被"开发"。至今，其仍然散发着江南古镇的气息，淋漓尽致地张扬着古老的徽文化。

说到徽文化，必然要谈到徽派的古建筑。因为徽州民居村落受着千百年来徽州古文化的陶冶，尤其是室内的环境艺术语言也凝聚着不同时期的建筑追求，它确实集徽州大地山川之灵气，融古徽州社会风俗之精华，实现了人类一直追求的人与自然、人与人、人自身整体和谐的理想，也充分体现出徽州文化传统的那种"天人合一"的景观美。

徽州古建筑，多为木结构，而眼前的老街，这种连绵不断、错落别致和入内深邃的建筑，不仅承袭了徽州特有的建筑风格，而且还展示了徽派建筑风格的淡雅古朴和群体美。

一眼望去，房子有两层或三层不等。两侧临街铺面的马头墙上的飞檐几近相接、远看恍若一队飞燕，又让人疑似架在空中的箭载。更令人叫绝的是，这些古代的房屋窗棂门楣或方或圆，或棱或扁，无不是精巧玲珑的砖雕木刻和镂刻精美的花纹图案。只见上面的戏剧人物栩栩如生，惟妙惟肖，新安山水淡淡隐现，十分典雅，让人心旷神怡。

整条街道，蜿蜒伸展，街深莫测，纵横交错，相互联络，首尾不能相望。店铺多为几进，内有天井采光。略略看去，可见到附近一些居家院落，仍留存着古老的残墙断壁，见证了老街百年沉浮之往事。

店铺的门，不是我们司空见惯的卷闸门，而是一排排歪仄的门板，木色已经呈黢黑，将倾似倾，显得似乎有些颓废，但不失商业与文化交融的气息，反而平添了老街文化古朴淡雅的韵味，也让人感到老街是一条充满生命与灵气的古街。

古街的商铺，绝对是一景。因为它不仅仅是个供客人光顾的店面，还是密集紧凑得集店面、作坊、住宅三位于一体。店铺多为单开间，一般两层，少数三层，保留了古代商家"前店后坊"或"前铺后户"或"前店后仓、前店后居"或"楼下店、楼上居"的结构格局和特色。店面一般都不大，有一连二进或三四进的，注重进深，用天井连接，采光、通气、排水都采用内向构建手法，从而把徽州的文化综合效应发挥到极致。

老街上的堂、斋、苑、阁、轩、行应有尽有，可以讲是数不胜数。尤其是那老字号的店铺，百年以上的中药店"同德仁"、"同和"秤店、"程德馨"酱油等。从制作到店面商品的摆放再到经营的风格，无一不弥漫着民族文化的韵味，仿佛让人一下子走进了时间的隧道，回到了明清朝代。

同德仁是这条街上的老字号药店。据介绍，同德仁开设于清同治二年（1863 年），至今有 130 多年的历史，店名含有创办人程德宗、邵运仁俩人（均系安徽休宁人）名中各一字，并寓"同心同德，利国利民"之意。

走进这座古色古香的传统徽派建筑，右边是一排高高的药柜，药柜顶上的大锡罐看着可像有些年头了，就连柜台上的铜杵钵，包浆致密厚重、手感润滑。当我看到柜台上"桔井流香"立匾及店堂内几块牌联均为清代著名书法家李汉亭所写时，心中平添了几分敬意，几分沧桑的神秘感，觉得自己是在品读一段尘封已久的历史。

其实，这"同德仁"也和许多徽派建筑一样，采用的是"前店后坊"

的徽商特色，但如今的后坊，已经不在住人了，而是改成了陈列室，并兼顾出售药、蛇酒和当地的药材。

在陈列室里，我们看到了药店逐步发展壮大的轨迹，看到了当年郎中用的药箱，更看到了同德仁的医生为了方便山区百姓看病，驴背上驮着几百斤重的药箱，游走为百姓看病的画面，从这些珍贵的文物中，我深深地感到了徽州古人是多么的了不起和值得我们肃然起敬！

不仅如此，虽说屯溪是经商之地，但自古以来经营的产品还有文房四宝："胡开文"的徽墨，汪伯立的徽笔，宣城的五星宣纸，再者就是歙砚；还有各种流派的国画、版画、碑帖、金石、盆景和有名的徽州砖雕、木雕、石雕、竹雕……

但在众多的商品中，最引人注目的却是徽州"歙砚"。一位工艺师向我们介绍：由于这里出产一种稀有的天然石材，石材质地较硬，易于发墨，使墨在上面研磨得又快又黑又细。尤其在南唐时期徽州的"歙砚"受到皇室宠遇，后主李煜更将"歙砚"视为"天下之冠"。为此，徽州歙砚的名声扶摇直上，身价倍增。到了宋代，对于歙石的开采不断扩大，"歙砚"精品不断涌现，其名色之多，雕镂之精细均为诸砚之冠。这令随行而来的两位书法爱好者爱不释手。不过精品是买不起的，也只能拣个最便宜的每人买了一台，算作是到此一游吧。

走着、走着，我们便在一家茶楼的二层楼阁坐了下来。这里是茶的世界，不仅品种多，各种茶的工艺形态也非常奇特。女服务员热情地送来一壶"屯溪绿茶"先请我们品尝一下徽州名茶的滋味。她说："听口音你们是江苏人吧，我们徽州的名茶很多，最有名的有祁红、屯溪绿茶、黄山毛峰、太平猴魁……这些都是茶中名品，是世界名茶王国中的茶王，其口感鲜爽醇和，耐冲耐泡，茶味独特。这些茶王既是古代帝王钦点的贡品，也是馈赠亲友的上乘佳品。所以，你们到屯溪来，不品尝一下徽州茶味是最遗憾的。"姑娘地道的徽州口语和不紧不慢的话语，让我们未及饮用就已闻到茶的滋味了。

下了茶楼，继续徜徉在繁华的老街。见有不少农妇、村姑、挑夫，或席地设摊，或肩挑箩筐，向游客兜售着徽州的特产：石耳、香菇、笋干、笋衣等地方特产。你只要和他（她）们搭上腔，他（她）们就会滔滔不绝，如数家珍地向你介绍这些产品的性能、特色、食用或药用价值。如石耳，属徽菜中的上等名菜，形状虽和普通木耳相似，但比木耳肥大，肉厚，鲜嫩。它生于深山阴坡崖缝间，需六七年才能长成。既可做羹汤，又能炒菜、煨肉、炖鸡，味道鲜美可口，营养丰富。其性甘平无毒，还可以益精明目、养颜。久食者面颜细嫩玉润，人说：徽州出美人，黄山姑娘赛天花，大概就缘于此吧！

老街上除了有各类商铺，还有黄山市的书画院、屯溪的博物馆和万粹楼博物馆，这些古朴建筑与老街建筑浑然一体，为老街平添了几分雅致气息和文化底蕴。为此，与其说老街是条商业街，还不如说是古徽州文化的艺术长廊。

面对这个吸天地之灵气、取人间之精华的文化遗产，谁能不为之而动情抒怀呢？

又要说声再见了！屯溪老街。不管今后怎样说，你都值得人们去探究一番。你那清美冷艳的外表，厚重沉甸的历史，都将在人们的心中占据一席之地……

第四辑　风韵·海安

　　我默默地伫立在碑文前，仔细端详着上面的每句话，每个字，甚至每个标点符号，用心默读，用脑记忆……那行行、句句的文字就犹如震撼心灵的一个个"红旗"故事，让我读懂了不仅仅是角斜这片革命的热土，有着浓浓的兵味，也不仅仅是角斜人屡建功勋，赫赫有名……

感叹青墩

四月的苏中平原，万物复兴，春意盎然，到哪儿都是"画中行"。

中旬的那天，我们从县城出发，头顶着茫茫的春雨，行在犹如一条绿得清纯，绿得庄严，绿得宽广，绿得澎湃的隧道中，在红的、黄的、白的……一层又一层桃花、油菜花、梨花的注目下，来到了心仪已久的青墩遗址。

或许是雨水充足的缘故，或许是阳光和煦的缘故，那沾满晶莹剔透露珠的绿草、花木，那绽放在枝头的各色花朵，显得格外茂盛，格外葱茏，格外娇艳，格外瞩目，这飘扬着的五彩缤纷的"旗帜"，更给这座青墩遗址增添了壮丽迷人的色彩。

青墩遗址，并非响亮有名，但她不同凡响，足以震撼心灵。因为她曾在5000年前，在浩瀚的荒原滩涂地，刨榛辟莽，辛勤劳作，创造了璀璨的远古时代的中华文明，开掘了华夏文化的最初源流。

青墩，位于海安县西北水乡的青墩庄。其四面环水，水网密布，河道纵横，水色深邃，白帆点点，绿树掩映，花草萦绕。她犹如熟睡的孩子娇憨、纯洁静躺在一片河网港汊的怀中。而那蜿蜒的河流，却如同母亲的乳汁，滋养着沿河的百姓。因此，谓之水乡，名副其实。

这里虽然没有高山，也没有森林，但处处却有一番别致的风景和让人感叹的奇境⋯⋯

一条条或长或短、或宽或窄的河流如野藤一样，在这里结成一张巨大的水网——连片群河，碧波荡漾，处处可听澄清的流水，处处可闻到甜甜的水味，处处可见到捕鱼的渔舟。

近观，河床的两旁，忽如一夜春风来时，老柳树悄悄地绽出了新芽，垂下绦绦的柳枝，亲吻着潺潺的流水；各种野花在一场春雨过后，猛然间开得一片灿烂，恰似彩蝶飞舞，分外妖娆，分外好看，分外芬芳，它们用生命的火焰映红了天空。那特有的微风起处，枝枝傲立、昂首云天、绿得深沉的芦苇，如海浪翻滚，叠叠重重，仿佛在荡漾的每一个惊奇的瞬间都变幻着舞姿，美丽、素洁、高雅；那扬起的碧波，风拂卷起苇浪的碰撞之声仿佛是波浪拍岸的潮汐声响，悠扬、嘹亮、动听！毫无保留把自己生命的精彩全然尽展。

远望，也许你还在凝神中，一位窈窕水乡姑娘穿越于如同溪云浮生、云蒸雾绕的纱帐之中，唱着《拔根芦柴花》的小调，慢悠悠地从芦苇丛中撑出一叶扁舟。竹篙点水，轻舟如箭，美目流盼，巧笑倩兮。不远的岸上，一个小伙子，含情脉脉，在春风里痴痴地张望着。一抹红霞飞上少女的脸颊，一串银铃般的笑声荡漾在波光粼粼中，荡出一阵阵涟漪，洒落出他们一阵阵羞涩、含蓄，一阵阵热情奔放⋯⋯惬意在芦苇的怀抱中，打开了他们的心结，解开了他们心中的秘密。

啊！青墩，这绚丽而又奇特的天景、气景、水景！似乎在向人们诠释为什么在这里，这个地方叫里下河，叫青墩⋯⋯

然而，恰在今天：

　　天，带着些许的云朵，深蓝蓝的；
　　地，带着些许的腾雾，轻柔柔的；

风，带着些许的水汽，湿漉漉的；

水，带着些许的浪花，凉冰冰的！

　　我忽然感悟到，只有在这青墩，才能真正感受到什么叫作水乡，什么叫作里下河，什么叫作"鸬鹚在云中游，鸟儿在水中飞"，什么叫作惊奇与神秘。

　　千年沧桑，沧桑千年，青墩就像一个古稀的老人，遥远得难以想象，通过历史幽深的断层，5000 年乎？ 6000 年乎？谁能掀起她古老而又奇幻的"盖头"？

　　6000 年前，那是一个亘古的时代。一条源远流长、波澜壮阔的母亲河，令人虔敬的长江，聚百川千壑之涓流，成白浪一脉之阔水，驾两岸天地之长风，呈浩荡汹涌之声势，穿峡谷，越山川……一路湍行，腾跋奔涉的江水挟带着大量的泥沙来到入海口，扑进黄海。水速的减缓，泥沙的沉积。年久日深，在上万年的激情涤荡与温柔绞缠中，冲刷出长江入口北岸的一颗耀眼的大陆新点——沙州（岗地），它们俩终于友好地合龙了。

　　久而久之，随着土地面积的不断扩张，海平面的持续上升，一个适合人类的居住区——青墩，孕育而成，由此诞生！这不能不说是大自然的又一次创举，这不能不说是大自然的又一次恩赐，这不能不说是大自然的又一次发酵。造物有情、天公垂德！

　　青墩原本是一片无人居住的沼泽地带（也称里下河洼地）。

　　通过资料的查阅，我知晓，我们的祖先——第一代青墩古人，从长江的中上游和中原地区，背井离乡，不知辛劳，领着家人，缓慢而执着地前行着、迁徙着，来到了辽阔的黄海滩涂——那片广袤的绿洲。

　　这里是绿的海洋，这里是水的天空。绿洲的壮观、奇异、深奥，令人目不暇接：那茂密的森林，丰饶的沼泽，肥沃的土地，灵动的碧水，成群出没的大象、麋鹿；风的潇洒，水的柔情，草的活力，林的幽深；一束阳光，一缕清风，一朵白云，一片绿荫，一声鸟鸣……大自然的点点滴滴，*丝丝缕缕*，似乎给他们以生命的呼唤，以生命的存活，示意这是生命朝思暮想的人间，是最好的安身之地，是你们欢乐愉悦的源泉。于是，他们心动了，留了下来，成为青墩人。

由此，留下来的青墩人，他们凭着一身的力气，用上古拓荒的智慧、经验，用不倦的劳作和辛勤的汗水，开荒造田，种地打粮。在征服中获得生存，在生存中获得快乐，终究有了属于自己的一方土地，有了可以立足栖身的新家园，而驻足生息繁衍，过着自给自足的农耕日子。

无疑，大自然创造了青墩！是你从江海交织的浴盆里，捧出了这瑰丽的明珠。也无疑，先民们亲手开辟了青墩！才有了这赖以生存的新家园。

那么作为青墩人，一直滋润的生活在这片土地上，不断生存与发展，秘密又在哪里呢？

聪明的古人在洼地上，运用就地取材的技巧，设计出结构合理、实用，既能应对沼泽、洪荒、海浸，又能防范毒蛇、野兽的侵扰；上层既可住人、防潮散热，下层又能圈养家畜的栖身之所——"干栏式"房屋建筑。在苍茫的天穹下，那独特的造型犹如鸟巢似的辉煌宫殿，系国内首次发现。

走进博物馆，那精心磨制的一把把石铲、石锄、石锛、骨镞、骨镖、骨刀，还有那件出土的殉葬品——带柄穿孔陶斧，被称中华第一斧。不难让人想象，青墩人为了开辟这片沉睡的土地，曾经付出多少艰辛的劳动：从给旷无人烟的土地织锦铺绣，到从狗尾草、香蒲草中拣选出优良的稻麦……怎能不令人肃然生敬，感念万分！

在陈列室里，最让人惊叹的是那些制作工巧，造型特别，匠心独运，风格突出，古拙别致，选材精细的玉器、陶器，无一不闪烁着邃古文明的灿烂光华。

摆放在陈列柜中的麋鹿角，那角枝上，残存的"八卦"符号、记事的雏形文字（划痕）和观察天象记载星云的"锥点"，可依稀辨认，这是青墩人对自然观测的原始记录，也是"祭神拜祖、祈福消灾"的数卦祀器。无怪乎这沉睡地下数千年的奇字，在中外易学界引起极大轰动，被不少史学家视为"东方易学始祖（或易学发源地）""中国天文学发源地""中国远古雏形文字的发源地"……这些惊世遗存，神秘莫测的"易卦起源的初始符号"，与其说"人更三圣，世立三古"——伏羲、周文王、孔子开启了"与自然现象密切相关卦"的华夏文化之源头，倒不如说这一不寻常的发现催生了文化之繁荣，为华夏文明——文化之神《易经》奠定了根基。

青墩！你不仅是一个奇妙的地方，更是一个神奇的地方。她的神奇在于看似平常却深蕴天地造化玄机的独特地貌形态、人类居住环境所需求的安居条件，达到了惊人的契合；她的神奇在于看似平常却深藏着一件件斑驳累累的文物和一行行鲜活的文字，让众多学者惊喜；她的神奇在于看似平常却蕴含着永恒的创举，创造出一个个第一，形成最早或最初的源源。

这就不能不让我感到：大自然在创造这片神奇土地时，一定是接受了人类的特定指令，否则，太古的青墩地形就不会恰像一只伏在沼泽地里的凤凰。"头"向大海，高昂于长空中，"尾"达长江，直锁江口，也就不会直至今日还演绎出关于凤凰的各种各样的传说……

为此，今天的踏入，不仅让人感受到了大自然的构思，创造这片神奇土地的广布机心与深蕴的妙旨；也让人感念青墩古人的发现，开辟这片神奇土地的伟大与光荣；更让人感叹青墩人的拥有，栖身于这片神奇土地的幸运与骄傲。

青墩文化的传承，古老文明的演绎，江海大地上青墩人闪耀着先民浸骨的那种筚路蓝缕、自强不息的精神。我又真实地目睹到现代青墩人勇立潮头，大胆改革，积极探索，创造前无古人的伟业；我又切实地领略到现代青墩人"海纳百川，创新争先"的那种旷达超远、吞纳大海的"豪放"之势……使这颗屹立在苏中平原上的璀璨明珠——青墩！别具一格，别样风采。

此时此刻，站在青墩遗址亭台中的我，当青墩自然天成的纷纭物象在一泓澄清流水声的衬托中，静静地出现在你视野里、眼帘中，我的心底也随之会由衷地进出一句赞语：

　　天地有壮美而不言，
　　青墩不言有壮美！

我们在青墩遗址虽然只停留了近两个小时，但大家都有一种不愿离去的心绪，走出好远，还都仰慕地回望，回望这奥秘的墩，这古朴的墩，这崇高的墩，这心生感动的墩，这融入了华夏大地远古文明的墩。

再见了，青墩——这座 5000 多年前新石器时代的文化遗址，最初点燃文明之光的天然的宫殿！

也许是内心深处那种难以收敛，难以释放的情怀在涌动，在飞腾，在感叹。走出青墩，我对这片古老而神奇的土地，油然起敬，敬畏那天之蓝、水之绿……

乡土，永远在呼唤

"乡土"，这个词普通、平凡，却深邃灼心，高频率、快节奏、强力度地点击着我们的心灵。

那么"乡土"是什么呢？乡土是一个人生命的元素，是一个生命的"根"，是生养自己、哺育自己茁壮成长的地方。因此，每个人都有着对"根"和"元素"的热爱与眷恋。即使远离了那方乡土，那份情感也不会褪色和改变，一如远方的游子思念母亲那般魂牵梦萦，不能释怀。

说道乡土，我可谓情有独钟。从五六岁开始，我便模模糊糊有了些许印迹。

记得奶奶给我讲了这样一个故事，虽然她没有进过学堂，斗大的字不识一个，无从知道先贤笔下的高言傥论，更谈不上读过源于西方文明的《圣经·创世纪》，可她却告诉我了"人是天帝用泥土造就出来的"，用现代的话讲就是"关于人类起源的传说"。

她讲道，人的形成是老天爷用毫不起眼的脚下泥巴，捏出一个个有头有脚有胳膊有腿有心脏的人，排成一队队和一列列，每天对着他们的鼻孔吹三次气，吹上七七四十九天，这些小泥人就变成能呼吸、善讲话、会跑步的活人了。这些生命再经过历代繁衍，便形成了今天不同肤色、不同语言、不同民族的伟大人类。应该说，我对乡土情结的初期形成，并非来自书本，而是自小由祖母灌输的。

虽然现在想起，她那时所讲的这个故事，觉得有些夸张，甚至有点离奇、离谱，让人难以求证，但不管怎么说，关于人与泥土的传说，在古老的华夏民族中，版本就有多种，但所表达的意思几乎相同。

所以，在我看来，多也罢，少也好，一个不争的事实便是人与乡土的关系，就如同空气与人的关系、水与人的关系、阳光与人的关系一样密切。这让我想起了道家学派庄子的一句富于哲理的话："今夫百昌皆生于土而反于土。"（《庄子·在宥》）意思是讲，当今万物都生长于泥土而又复归于泥土。可以断言，人类也好，动物也好，植物也好，世界上所有的生命与乡土与大自然是紧密融合在一起，都是因泥土而存在，都是靠泥土而延续生命。人来自乡土，又回归于乡土；乡土是人生的起点，也是人的精神归宿。一首歌唱得好："树高千尺也忘不了根。"不忘根，才能懂得感恩，才能有赤子之心和心灵的感应。

我，生在农村，长在农村，自然是乡土一直陪伴着我，让我度过了童年、少年，直至 1978 年参军。可以说，我的整个青春时光都是在乡土的捶打中度过的。

我的家乡，位于苏中平原。早在 5000 年前就在这片滨江临海的地带，我们的先民刨榛辟莽，围猎稼穑，捞鱼摸虾，辛勤劳作，创造了璀璨的远古时代的中华文明，开掘了华夏文化的最初源流。春秋时期，吴王夫差继承王位后，在夫椒打败越兵，便乘胜追击成功地挺进了中原。意图称霸的他，在发繇口（今立发桥）与宋、卫、鲁臣君举行盟会，至今在故里传为佳话；开凿于汉代的上官运盐河（今通扬运河），它沟通江淮东部、连接江海平原，便有了"小市鱼盐一水通""吴盐甲天下"（史书记载）之美名，不仅如此，更有了日本高僧圆仁与遣唐使自掘港、赤岸（今李堡）经运盐河西行到扬州，进而有了中外文化交流史上的盛事（圆仁日记《入唐求法巡礼行记》）；北宋年间，时任海陵郡州县县官的范仲淹，目睹滨海盐民、渔民在海潮漫涨之时，沿海一带庐舍漂没，田灶毁坏，家破人亡，终于在 1028 年初春历时四载，建成了 71 公里的捍海堰。从此就有了"来洪水不得伤害盐业，挡潮水不伤害庄稼"的民谣，而"范公堤"的美名也载入史册，百世流芳；到了抗日时期，粟裕将军领导的仅有三万多人的华中野战军，居然战胜了装备精良的国民党军 12 万人，取得了苏中七战七捷的胜利，创造了军事史上"以弱胜强、以少胜多"最为罕见的战役范例……

说到人杰，在这片乡土上，正如陈毅将军以诗赞之"海陵胜地多人杰"，走出了一批又一批杰出人物。

有政声载道、造福一方、清廉名世的官员徐燿；有寒窗苦读、执法公正、慧眼识才的学政陆舜；有晚清名臣、抗日楷模韩国钧；还有父子进士仲鹤庆、仲振履，红学家仲振奎、蒋和森，数学家杨冰，语言文字学家魏建功，历史学家韩国磐，书法家仲贞子……时至今日鲁迅文学奖获得者夏坚勇和中国科学院院士周臣虎。这许许多多的人杰与奇迹，当然是"振兴"中华民族的组成部分。而人杰与奇迹的诞生，自然缘于这片乡土。

这就是乡土的魅力！一方水土养一方人。也正如一位哲人所说的那样："人实际上不过是一棵会移动的树，他的激动、欲望，都是这片泥土给予的。"

其实，说穿了乡土也是一种乳汁、一种营养，她的每一个元素、每一种原色都会融入你的生活血脉。因此，乡土，不仅造就了乡音，培植了乡情，更带来了不尽的乡思。尤其在游子的心中，乡土不仅仅是一种沉甸甸的存在，有一份真诚的神圣，而且更是一种永远的精神家园。正因为如此，不少人出门在外，甚至到了异国他乡，也要随身带上一包家乡的泥土。尽管这泥土渺小而平凡，尽管这泥土有些丑陋而没有光泽，却像珠宝一样的珍贵，人们会时常地摸一摸，拿出来看一看、闻一闻故乡的泥土，就会感悟到什么是生命的真谛，什么是力量的支点，就会从内心里发出深切的人生感喟。

的确如此。就有这么一件事，让我至今都记忆犹新。

那是在 20 世纪的 70 年代，我应征入伍。就在我即将启程的前天晚上，我心痛而不能寐，于是，我一跃而起，便从田野中挖出一块乡土放进了自己的口袋中。由此，这把乡土便陪伴我走进了部队，走进了军营，后来我考上了大学，这把乡土又陪伴我度过了学生时代。大学毕业后，这把乡土仍然伴随着我。就是这样一伴、一陪，达 11 年之久，可就在这 11 年的光阴中，看似平平常常、平平淡淡的这把泥土，却让我获得了智慧，获得了力量，获得了进步。因为每当我参训超负荷时，每当我遇到难题束手无策时，还是研究课题受阻时……我都会拿出那把土看一看、捏一捏、闻一闻。我顿时就会精神倍增、信心十足，一切困难和问题就会迎刃而解。

可如今，我转业回到了海安。尽管世界上有许多比乡土更加美妙、更加怡人、更加令人向往，但唯有乡土是"我的"，是不能选择、改变和替代的，而且对乡土的那种爱如同对母亲的爱一样，衷情不渝。

就在我转业回来的第二天，我特意回了趟老家，当时正值秋收秋种时节。在那曾经熟悉的地方，一股泥土特有的气味吸引着我，使我倍感亲切。于是，我蹲下身来，捧起了一把土，放到鼻子底下不停地闻着，动情地闻着。

是啊，没有错，这就是我童年时，常常闻到的那种味道，我就是在这泥土的芳香中长大的。那犁开的泥土黑油油的，她那芳香的味道正随着秋风飘散。在乡土面前，我回味着，陶醉着，感动着……

泥土啊！平凡是你的外表，朴实是你的秉性，博大是你的胸怀，高贵是你的气质，而奉献则是你的灵魂……

在过去的几十年中，有多少个假日，多少个夜晚，多少个梦里，我的目光，我的心弦，我的思念，我的牵挂，曾穿越时空，专注专情地投向那个生我养我的地方。于是，我面前曾出现过乡土上的那条小河，那座小桥，那一座座土屋，那一块块农田，还有那在家时朝夕相处的父老乡亲……尽管我在外漂流过，但也只是故乡放出去的一个风筝；尽管我到过许多地方，但他的"出生地"却是唯一的；尽管每天钢筋混凝土封闭着我的躯体，但乡土的气息总在我的心头飘散。那些与乡土亲近的日子和往事，便成了我记忆中最为生动、最为活跃的篇章。

乡土就是乡情。因为乡情是一种永不褪色的记忆，是一种永不断裂的情愫，是一种"树对根的思念"，是一种"绿叶对根的情意"。

走近乡土就是走近本色。因为世界上最朴素的形象是土地的形象，朴素本色的美才是自然的美、纯洁美和真实的美。

亲吻乡土就是亲吻自然。因为大自然是人类丰富的物质资源，也是人类美丽的精神家园。自然界中的一山一水、一草一木，会使你得到富有创意的人生，会使你找到源源不绝的生活之泉……

由此可见，乡土，就是一个人精神世界的核心，就是人们一生一世的情结。不管你在何时处于何处，乡土总会因你而痴情，因你而执着，因你而呼唤，让每一个人都能始终如一而又忠诚地守望于她。

"为什么我的眼里常含泪水，因为我对这土地爱得深沉。"我仿佛又听见诗人艾青在深情地吟唱着。

心中的石板街

一

长江和黄海，在历经了亿万年的激情涤荡与温柔绞缠中，终于冲刷出长江入口北岸的这块土地，她就是曾经滋养出厚重无极、具有 5000 年历史青墩文化的海安县。

说来也巧，海安县的县城就称为海安镇。孩提年代，印象中的县城并不大，她犹如小女纤细的小手，那条不足六华里长的石板街便是掌纹，是城内唯一的街道，东西走向，清晰、脉络分明。

石板街，仅仅听到这个名字，就会令人怦然心动。无论你对她熟悉与否，都会不由自主地想去亲近她、欣赏她、感受她，因为她具有极高的文物价值，是古镇街道的典型遗筑。

史料记载，石板街，始建于清朝康熙六年（1667 年），用长 64 厘米、宽 46 厘米、厚 16 厘米的苏州黄麻石（花岗岩），横向平铺；再用 27 厘米宽，同样厚度、长短不等之条石，纵铺左右，整个工程历经七载告成。尽管 300 多年飞逝而过，虽然被时光侵蚀失去了石板街初建时的雕痕和色泽，但大部分石板却依旧保存完整，光滑如鉴。从石板上留下的坑洼印迹可以推测，她有过值得怀念的岁月，有过绚丽、辉煌的日子。

二

在七八岁的时候，我来过石板街。

那天上午，我坐在父亲的自行车上。一路上，我怀着一种新鲜、好奇和轻松的心情，在微微的习风中，来到了向往已久的海安县城，第一次亲身体验——古街的人文与风情。

石板街是条"一"字形长街。由东、中、西衔接融汇，遥相呼应的三段大街组成，每一段的端口既为进口又是出口。向南 200 米处有一条内城河，且与石板街平行，是居民们生活用水的来源。无论从设计、形胜还是从历史、文化角度上看，这条石板古街都有特色，确实为海安镇增添了几多历史气息，几多文化内涵和几多繁荣景象。

石板街就犹如一幅徐徐展开的国画，一股青色之气萦绕其中。街的两旁，错落有致的古民居，沿两侧依次排开，古朴与庄严兼容并包，和谐共生，清朝建筑风格，在人们的视线里呈现出一种历史的深沉。细心人还会发现，屋的前墙是木砖结构，那形似鱼鳞的小青瓦，整齐划一叠于木骨之上，两头弯曲。同时也能看出，经岁月洗礼过的木墙、木制门廊窗棂，油漆不知刷过多少遍，虽然底漆的颜色变得有些模糊不清，但留下的痕迹却依稀可见。

同时，只要你再仔细打量，就会惊喜地发现，多数房子的屋檐上雕有精美别致的图案：花草、鸟儿、鱼类，小龙、大龙……个个活灵活现，栩栩如生，十分典雅，赏心悦目，美不胜收，无声地展示着巧妙的构图与精美的手艺。

有着百年历史的老宅，间距都很近，几乎是房子连着房子，侧壁靠着侧壁，有的干脆就成了连体别墅。虽然墙壁上的青砖也显粗糙，但丝毫没有被岁月剥蚀而使砖渣脱落之感，仍然闪烁着她特有的光芒，让我体会到了那种庄重、豪迈、壮美与文化交融的韵味。

这是海安人的智慧，我不得不敬佩呀！

东大街，除了古建筑群那一抹儿青砖黛瓦、门面深红色的印象之外，有一座晚清风格的建筑群尤为抢眼，让我眼前陡然一亮，有一种静美的享受。

它建于 1906 年，整体故居沿着一根南北向中轴线左右伸展，形成由南向北四进式的住宅群落。原来它就是闻名遐迩的韩国钧故居，人们称为"韩公馆"。韩国钧，字紫石，号止叟，光绪举人。民国初年曾任过江苏省省长。公馆内斗拱飞檐、粉墙黛瓦、花红草绿、古树参天、雅致堂皇。临街门楼气派庄严，上有"天官赐福""麻姑祝寿""鹿鸣梧桐"等 9 幅镂空砖雕，透满神韵。门的两侧分列着一对白色长方石鼓，上面雕有"暗八仙"和"狮子戏球"的图案。尤其是故居内的"苏北联合抗日座谈会会址"被载入华中抗日战争史册，并依旧保留在西式洋房中，供游人参观游览。

穿过东弯子口，就到了最繁华的地段——中大街。一种久远的味道便扑面而来，仿佛在突然间，我就迷失在几百年前的中国街市之中。

近看！那一间间造型别致、古色古香的建筑多数是平房，只有少数带有阁楼，坐落于街边。保留了远古商家的"前店后居"或"前店后仓"或"店居合一"或"楼下店、楼上居"的结构格局和特色。店面一般都不大，有一连二进或三四进的，但非常注重进深。在白天的时候，不管是纯住户，还是开店铺的，所有主人都将自家的大门敞开着，好让行人驻足扫视一眼或几眼，这也许是主人想展示一下自己的家境，或经营的产品吧！

远看！那两华里长的石板街上，不仅店铺林立，鳞次栉比，更是车水马龙，行人如鲫。饭店、豆腐店、洋货店、百货店、五金店、钟表、眼镜店、裁缝店、照相馆……顾客不断、进进出出。整条古街都沉浸于喧闹与忙碌之中。

小小的石板街！从远古到今，不知有多少商贾，往返在这条古道上，将南北货、土特产、茶叶、烟酒等运集此地，再分散销售。这块宝地倒成了贯通江南，连接苏北的商品流通集散地。

其实，这些只是古石板街的一隅而已，但最为热闹的时候还是中午时分，尤其是那些传统的小吃店、饭店，人气最旺。西面有一家"三合饭店"，坐南朝北，是古镇上最大的饭店之一。虽然门面不大，但生意却十分红火，因为是专门经营本地特色的小吃餐馆。比如：早上的骨头汤面、油条、烧饼、馄饨、稀饭……中午的花生米、猪头肉、大蒜炒卜页、红烧肉……这些不仅可口好吃，商家诚信度高，更是物美价廉，赢得了大家的赞誉。

走出巷口，便是西大街的入口之处。

西大街，有一家布店，让我印象最深。两间门面，门的上方写着"公私合营海安棉布商店"。据店主介绍，店里平时不太忙，生意只算过得去，只是到了过时、过节，或百姓家的红白喜事，特别是到了年底，来这儿购布的人，才不计其数，那时店里的人手就明显不够用。但最让我好奇的是，只见那收银员高高地坐在店中的东南角，并且头的上方有几根铁丝通向台下的各个售货员。在售货员售完布匹后，又不断地将钱、布票、单据用夹子夹好，然后将夹子挂到铁丝上，再用力将夹子沿着铁丝方向"嗖"的一声便传了过来，收银员取下夹子，结好账，盖好章，找好零钱，又"嗖"的一声传过去，就这样，一笔笔交易便在欢快的"嗖、嗖"声中成交了……我没有想到石板街会有如此多的诱惑，如此多的浪漫，如此多的情愫，让我兴奋不已！也致使她以独特的气场，吸引、包容直至融化八面来客，如诗、如梦把你带入到充满古老而又新奇的另一世界里！

三

时隔十年，我又一次来到了海安县城。

就在走进石板街的那一刹那，不知为什么？我的整个身子，咯噔！仿佛又见到一个多年的旧友。尽管岁月沧桑，斗转星移，今天的古街，仍然还是那样的亲切，仍然还能保持自身所固有的那种高贵气质。

石板古街，灰色古朴，依然如故，但却有少数且规模大一点的商铺已搬迁到前街的人民路上。一些传统的小吃店、中药店、手工制衣店、小百货店、布店、刻字社……以及旅游景点，却依然还在。

其实，眼前的这条石板古街，虽然离我第一次来只相距十年，但却苍老了不少。整条街几乎没有平整的地段，走起来高一脚，低一脚。有的麻石已经如同打碎一地的玻璃，绽开如花。尤其是有少数地段连石块也被搬走了……这也许是经过"文革"洗礼，而留下的伤痕，不能不说是一种悲哀！

街道两侧的建筑保存基本还算完好，房门上用的仍然是当年的那种长挂锁，商铺的门板依然是那种窄而长的木板。早上开门时，一扇一扇地取下，而到了晚上再一扇一扇地装上，每天都是这样，如此的重复。

再抬头仰望，那屋顶上也因瓦片的残缺、破碎而换上了不少的新瓦，当然偶尔也能看到极不协调的大小青瓦或平瓦。再近看，街旁的有些商铺、居民的住房，尤其是那些木制的门窗，被岁月剥蚀失去了原有的颜色，未能像往年那样，及时地刷上或补上颜色……此时的我，却隐隐约约地预感到了，随着时间的流淌，这条古街留下的不再是当年古意盎然的青砖黛瓦建筑，而是渐渐地演变为让人不愿意看到那种情景……我真的不敢再继续想下去。

当我快走到尽头时，天也逐渐变黑了，虽说这古道不如当年闹热，但整个街内还依旧充满着欢快与活力。老板们仍然和往年一样，在天幕降临时，将点亮的灯笼低悬高挑，"酒""客栈"……在月光下，随风飘摆，引人、耀眼。大大小小的桌凳摆满店内，等客入座。不一会儿，我还是听到了响成一片的迎往送客声、划拳吆喝声、酒杯碰撞声、谈笑声以及上街"遛遛"的混杂声……

四

可是，那是昨天的海安，而不是今天的情形。当我再去那条古老的石板街，让人既有一种深切的怀旧，又有一种失落与无奈。

这条石板街已变得坑坑洼洼，而且铺设的石块也是残缺不全了。依旧躺在那里的块块麻石，似乎变得越来越随和，越来越温婉了，往日的风采黯然失色，真的好像成了百年沧桑的老人。不仅如此，麻石夹缝中，也长出了一丛又一丛的青草，连成一小片，郁郁葱葱，安详地享受着这古老街道的阳光，看似没有被任何脚印踩踏过。由此看来，这条古街如同失去水分的花朵那般，慢慢凋落而谢幕了。

但让我不可思议的是，街道两旁的那些饱经风霜的古宅，有些歪斜不堪，甚至倒塌；有些闭门紧锁，甚至人去楼空。往日的吆喝声、划拳声、喧闹声……曾随便在街道的任何一处，而静静地站上一会儿，便有亦真亦幻之感，今日却彻底消失了。连做生意的店铺也寥寥无几。虽然理发店、茶室、刻字社、小百货店、裁缝店、老虎灶（炉子烧水的地方）、照相馆……仍在营业之中，但它们却成了石板街上唯一能让人驻足的旧式景观。

五

几百年来，这条石板街，曾以其独有、出众的风貌和人文风情，坚守着一个亘古不变的传奇。如今，历史的烟尘已滚滚而去，只有古老的石板街还在，变得静寂、冷清。虽然留给人们只是狭窄幽长的记忆，但上百年的老街，那一块块石头就像走过的一个个年代，记载、收藏着一切。同时，这条石板街又是一部历史大全，见证了时代的发展与变迁。

而今，这条沉睡、古朴、典雅、宁静的石板古街，已被扩建成210平方公里的现代都市。往日的灿烂，往日的繁华，为的是充盈海安的今日，虽然古街的人气被带走了，但你却是古镇海安发展的基石和功臣，没有往日的繁荣昌盛，就不可能有今天的兴旺发达。

如今！只要站在这栋高高的办公楼上，望着远处跟一条线似的那条石板古街，我的心中就会油然而生一种虔敬。如同虔敬大地、天体、先贤圣哲一样，虔敬石板古街上的每幢建筑、每块麻石！

石板古街，你永远都是海安人的骄傲！

流连韩公馆

　　油菜花开得正灿烂，微风和煦，阳光温润地抚触着小瓦青砖墙，古老的石板街经了荏苒时光的反复触摸，变得如此宁静而安详。就在春日的一个上午，我走进了这条有着300多年历史的石板街，如同走近一位岁月老人，让人不敢聒噪与喧哗。

　　我静静地走着，沿着古镇街道，穿行在光滑如鉴的麻石路上，两旁具有清朝的建筑风格的古民居，不仅错落有致，而且更具寂寞与淡定。如果你仔细地打量，就会惊喜地发现，那房梁、门匾上雕刻的山水花草精致地绽放，一如几百年前的模样。

　　其实，我不知道这里曾经有着怎样的惊心动魄抑或沧海桑田，历史早已湮灭在时光的暗河里。而我，却怀着一颗执着的心，静静地去感受这里的古朴与深邃，以及海安的种种神奇。

　　向前走上几百米，一幢晚清风格的建筑尽收眼底。

　　它建于1906年，整体故居沿着一根南北向中轴线左右伸展，形成由南向北四进式的住宅群落。这样的设计，不仅体现了"家居园林化"的特点，又传承了儒家礼法"天人合一"的思想，更体现了主人不尚虚华、讲求实用以及自然清新的文化品位。她就是闻名遐迩的韩国钧故居，人们称为"韩公馆"。

韩国钧，字紫石，号止叟。他出身于一个破落的家庭，所以他深知底层百姓生活之苦；他8岁时亡父，11岁时丧母，所以他懂得无亲人的痛苦；他憎恨那些不为百姓做主的贪官污吏，所以他立志考取功名，做一个真正为百姓做事的好官。于是，他在孤寒中刻苦攻读，即使"除夕元旦亦日试一艺不辍"，期望通过科举考试入仕能为百姓做事。

在这条路上，他走得好艰难。他用心堪多，他用力甚勤，他如饥似渴，终于，在1874年，他初应童子试；1877年，应省岁试；在他22岁时，应江南乡试中举人。但其后10多年间，他从24岁到33岁，曾4次赴京会试，却不料屡次科举均以落第而告终。

然而，随着年龄的增长、阅历的加深，他并没有因此放弃。与那些年少得志者相比，反而没有了轻狂和不知天高地厚，多出了经过岁月磨砺之后的沉稳与淡定，更多出了对人生的深刻洞察和思考。所以，1889年，年仅32岁的韩国钧依例应大挑，得一等，而应入河南吴树芬学使幕，从此便开始了官场生涯。

在入职后的三年间，他随同考察，历经河南96个县，行程达6000余里，所到之处，均细致了解山川、道路、人情、风俗与地方利弊等，并撰写《随轺日记》一卷。

性格决定命运，这话真的不假。

从1894年起，韩国钧便正式就任南阳府镇平县知事，直至1900年，他先后任过开封府祥符县、怀庆府武陟县、归德府永城县和卫辉府浚县的知事。任职七年，他明镜高悬，清廉自持，被民间颂呼"韩一堂""韩青天"；他为官一任，造福一方，"吏当其才，则数十万人皆有所依"；他面对黄、沁两河天险，翻土盖沙复田，试种谷麦……这七年，他每到一处，都走村串户，访贫问苦，治理水患，审案缉匪，赢得很好的声誉，得到了地方最高行政长官的褒奖，也充分展现了他忠君守职、练达勤明的能臣本色。

由于他勤于政事，关注民生，每司一职，均有建树，所以他的仕途之路也变得一片光明。1902年，他奉命去了河北省矿务局任总办兼交涉局会办，其后，又陆续担任了陆军参谋处兼调查局总办、奉天交涉局兼开埠局局长、农工商副局长、广东督练所参议兼兵备总办……吉林民政司、江苏民政长、安徽巡按使、江苏省长兼督军等官职。

虽然在人们眼里看似他在官场上春风得意、顺风顺水，但对有些事情的处理并非如你所想那么简单。

那个年代，似乎天灾人祸总是与百姓如影相随，三天两天遭灾荒、遭鼠疫等，那是常事，他必须去处理。且不说这些，就在韩国钧刚上任河北省矿务局总办兼交涉局会办时，便碰到了一件很棘手的事：英国福公司购买土地修筑运矿道清铁路。

史料记载，英国福公司为了在购买土地时少花钱，派了一名工程师柯瑞私下允诺以每亩0.5元，合计4万元的回扣费企图拉拢、贿赂韩国钧，结果都被他当面予以痛斥。但此事并非完结，由于种种原因，交涉、谈判居然长达三年，但韩国钧坚持自己主张，不肯屈服和据理力争，最终击败了福公司，取得了胜利。因其"办事出力""交涉得体"，被奉旨嘉奖……类似此事，举不胜举。但不管怎样，有一条却是不争则明，如果你再次品读这些史书或韩国钧自传时，会在瞬间豁然开朗，明白他寓意于事的良苦用心。

直到1925年初，韩国钧辞官退隐故里，从此，便以读书编纂、兴学校、修水利、办实业、居乡问政为生。在抗日战争爆发后，他又坚决拥护国共合作，积极调处新四军与国民党韩德勤顽军之间的矛盾，支持新四军东进抗战，为新四军开辟苏中抗日根据地做出了重要贡献。

纵观他的一生，从晚清能臣到北洋政府的封疆大吏，从国民政府的地方名绅到抗战时期的抗战楷模，经历了旧民主主义革命和新民主主义革命两个不同的历史阶段，不愧是一个具有传奇色彩的历史人物。

的确如此！这也让我想起了陈毅所讲的那段话："吾国历史上，反抗外族之侵略，屡见不鲜。其中仁人志士，断头丧身以殉者，先后踵接。于宋有文、陆、张、郑诸贤，于明有史、左、顾、黄诸贤。紫老之殉国，其诸贤异代之化身欤？宋、明亡而不复，复则须在数世之后。今兹抗战，日蹴胜利之途。紫老之志，为酬不远。此紫老际遇，差胜昔贤，而后死者所当奋斗不息者也。"（《忆韩紫石先生》）是啊，今天在这里，在此时，我重温这段话，可想而知心中的感悟是何等的深刻……

我终于缓过神来，如愿地踏进了韩国钧的故居。据讲，这座故居当年旧址重建时，韩国钧先生50岁，官至河北省矿务局总办。虽然至今她已跨过了100多年的历史，但在沧桑之中却透露出神闲气定的坦荡。

向前迈上几步，撞进目光的便是气派庄严的临街门楼。只要你抬头一看，就不难发现，在门楼上，饰有"天官赐福""麻姑祝寿""鹿鸣梧桐"等九幅镂空砖雕。虽然这些都是根据民间传说雕刻而成，但在人们的视线里，却显得格外得飘逸、活灵活现、栩栩如生。因为它们都表达了一个共同的愿望，希望天下的百姓一生平安、多福、多财、多寿！由此看来，这些工艺精湛、构图巧妙的浮雕图案不仅为韩公馆增添了几分历史气息，几分文化内涵，更增添了几分人文光辉！

顺着雕有"暗八仙"和"狮子戏球"图案的石鼓，跨越门槛便可进入故居的门厅。

整个门厅呈正方形，砖木结构，古香古色，雅致堂皇，处处显示着主人的铮铮傲骨和浪漫情怀。地面水磨石图案历经百年，仍无损、保留原状，凸显着中华民族文化的深厚。四面角落上，嵌成的四只蝙蝠与如意图案，预示着人们美满幸福（"蝠"与"福"同音）、吉祥如意。尤其是中间的那个"瓶中插戟"图，更为引人注目，因为戟是古代兵器，为避邪之物，同时在这里其寓意为主人官运亨通，平升三级。据资料记载，韩国钧先生从1894年河南七品知县做到后来安徽巡按使四品大员，确实是平升了三级。可以想象，当年设计者需要一种怎样的旷古智慧！

继续前行，绕过照壁，便到了二门。

二门坐向朝东，代表着太阳从东边升起，旭日东升，象征活力朝气，寓意紫气东来，恰如其分地概括了这座故居独特的景貌和独特的魂魄。

在典雅的门楼上，饰有"状元及第""福禄寿喜"等镂空砖雕，人们称之为"户对"。但更有趣的是，中国人喜爱用"门当户对"这一组合词，在这儿就能找到答案。当你看到门两旁那对石鼓时，你就会不由自主地联想到那是"户对"的另一半"门当"，而事实上，石鼓也叫"门'档'"。所以，具有中国传统的这些吉祥图案，让人看了倍感温暖、喜庆和亲切，这不仅体现了中西文化的融合，也更体现了主人的那种清雅脱俗、庄重深沉的审美情趣。可见匠心之独到，令人叹为观止。

越过二门，经过照厅，便可到达正厅。

正厅就是主客厅，就是家庭举行重大礼仪活动和接待尊贵客人的场所。这里有韩先生在八十大寿时，国民党元老于右任、陈果夫、吴稚晖赠送的匾额"魏公间气"和世界红"万"字会赠送的"大德必寿"之匾；在他 70 岁的时候，时任江苏省水陆警备司令冷遹也赠送了匾额"潞国精神"。此外，还有出于清代状元、户部尚书、光绪皇帝的老师翁同和之手的那副对联"春秋左史乃家法，紫袍玉带真天人"，至今仍然抱柱而歌……无疑这些真迹书画都是岁月深处的伟大杰作。

正厅的西边就是人们俗称的西花厅。据有关资料记载，当年陈毅率新四军移师海安时，就应邀驻于此，从此，两人"斟酒论文，相知甚笃"便成了江苏抗战史上的一段佳话。此间，刘少奇（化名胡服）由皖北到海安，也曾在此处拜访过韩国钧先生，并为之设宴洗尘。不仅如此，1940年 11 月，陈毅将军和他的夫人张茜应韩国钧之邀留驻西花厅，就在窗下陈毅抒北上新四军与南下八路军会师之豪情，吟出了著名的诗篇："十年征战几人回，又见同侪并马归。江淮河汉今谁属？红旗十月满天飞。"

往前走过三进（穿堂）和四进（堂屋），便进入一条巷道。

这条巷道名叫"火巷"，小青砖条铺就的路，一眼望到头。虽然地面上的小条砖历经风雨似乎变了颜色，并且缝中长满了绿苔，但仍然工工整整、平平溜溜。走在这条平整静寂而又不乏温馨浪漫的古巷中，聆听着"韩公馆"的故事，观赏着中西结合的晚清建筑，品味着风中夹带爬山虎的气息，心里既有一种好奇，又有一种胸惬怀畅的感觉。

就在前面不远处，一栋犹如火车车厢式的小洋房却映入眼帘。传说，这栋小洋房，出于韩国钧四子——韩宝琨之手，他毕业于上海同济大学的土木工程系。

走进小洋房，令人心动和令人震撼的是它那异样的车厢式内部设计。西式的房顶，乳白色拱形的天花板，优质木材的板壁，所有的窗扇皆为三层：一层百叶、二层网纱、三层玻璃，主人可按季节、天气之变化而更替使用。彩绘瓷砖地面，至今仍然色彩鲜艳，坚固光滑。现在看来，这栋有着近百年历史、曾作为"苏北联合抗日座谈会"会址的洋房，它的出现，它的洋装，它的舞姿与风范，不仅是中西建筑文化与艺术完美结合的典范，更是故居建筑群中最为耀眼的一颗星座，达到了个体与整体、自然与建筑完美和谐的统一。世人称奇，名副其实。

还是古人的那句话说得好："山不在高，有仙则名；水不在深，有龙则灵。"这"韩公馆"正是凭借着"中西合璧"的建筑群，开辟出自己独创的天地，使自己在多如繁星的古宅中脱颖而出，并且身价倍增。尽管岁月沧桑，风雨洗尘，有着百年历史的她，仍然闪烁着她特有的光芒。正因为如此，"韩公馆"于1982年被批准为江苏省省级文物保护单位；1988年被辟为县博物馆；2013年被批准为全国重点文物保护单位。

在海安古镇，虽然只是匆匆一瞥，虽然只是窥探一角，但给我的感叹、感悟和感慨却有很多很多。

行走在石板街上，踏着数百年的历史足迹，感受着东西文化的完美结合，使我领略到了改革开放的伟大力量和巨大魅力。

行走在石板街上，看到苍老的古镇正鲜活着我们的现代生活，彰显出有别于自然景观的独特魅力。我感到，这不仅仅是人类发展留下的印痕，不仅仅是岁月经过留下的足迹，更是一种文化与艺术的承载和作用力。

　　行走在石板街上，看到游客对古建筑群的青睐，看到古建筑群昨天的辉煌、今天的灿烂和明天的希望。我想到，人在世间要多做好事，多做善事，多做实事，多做对百姓和后人有意义的事。像韩国钧先生那样，"为官清廉勤政，关心民生疾苦"，为人民多做好事。造福一方百姓，惠及子孙后代……

　　然而值得感叹、思考与回味的又何止这些呢……

走进角斜

三月的那天，一路上，春的季节！风，乖巧地飘过发梢，带着色彩；村庄，河流，田园充满着无语的温馨，剪裁着色彩。路的两旁，树碧，地绿……苏醒的一切，微笑的一切，敞开心胸的一切，都泛着幸福的红晕，各显秀色，各抒情怀，各领风骚，在阳光的照射下，绿得更加鲜嫩，更加艳丽……

角斜马上就要到了！我慢慢地打开车窗。这时，一股清冽的风吹了进来，我深深地吸了一口，啊，好清爽啊！仿佛是"一口吸了江、海、地之气！"这不是夸张，在这大海、长江、平原连接的地方，空气里自然也蕴含了如此的气息。

汽车跑了40多分钟，我们终于到达了集陈列馆、射击场、民兵纪念碑、烈士陵园融为一体的，闻名全国、有着"红旗民兵团"之称的小镇——角斜。

角斜坐落于北凌河畔的黄海之滨，南望奔流不息的长江，是盐城、南通两市和如东、海安、东台三县（市）结合部，是苏中交通枢纽和战略要地，因此，一直以来成为：古为兵家必争之地，交通之要塞！而今也是江苏省海安东陲之要镇。

这是一个传奇的地方，一个不同凡响的地方。角斜，不仅仅地理位置特殊，她更是一个英雄的集镇，那里的民兵团从 1940 年就开始组建，曾有 600 多名民兵参加抗日的主力部队；曾有 260 多名民兵参加渡江战役、上海战役、进军福建等军事行动；曾有 80 多名民兵参加抗美援朝……积极参军、参战支前，历经了大小战斗上百次。直至今日，这面永不褪色的猎猎战旗，不愧是我国民兵预备役部队中一面火红的旗帜，不愧是被老一辈革命家长期关注民兵工作的一面高飘的旗帜，也不愧是中央军发文号召广泛开展向角斜"红旗民兵团"学习的一面鲜艳的旗帜。

走出车门，迎面看到一座高大的门墙，上面嵌刻着姬鹏飞同志的亲笔："角斜红旗民兵团史绩陈列馆"，12 个浅黄色的大字，赫然显目。这是 1991 年 3 月"红旗民兵团"命名 25 周年之际，时任顾委常委姬鹏飞同志为乔迁建于此所题写的馆名。那 12 个大字一下子摄住了我的眼球，也摄住了我的心。看着那刚劲有力的字迹，我顿时感到周身的血液在涌动，在加快，在升温。因为我看到了角斜民兵团不仅是"组织落实、军事落实、政治落实"典范，而且还是全国唯一的团级建制的民兵标兵单位；因为我看到了角斜民兵团不管是处于抗日战争、解放战争还是处于社会主义新时期，对祖国、对人民都兑现了诺言，交上了一份份满意的答卷……这就是我，一个有着 11 年军龄老兵所特有的情愫与感怀！

上前几步，我便随着人群踏进了史馆的大门，映入眼帘的是一块洁白的矾石，上面刻着红旗民兵团的功绩："……烽火岁月，砸锁链，举刀枪。和平年代，建家园，卫海防……"不禁心里：咯噔！一种久违的激情在心中油然而生。啊！与其说是来到这团史馆参观，倒不如说是感悟角斜民兵团的一种精神，一种穿越时空火焰不熄的精神，一种催人奋进的精神，给人的思想、人的灵魂、人的情感予以洗涤。

我默默地伫立在碑文前，仔细端详着上面的每句话，每个字，甚至每个标点符号，用心默读，用脑记忆……那行行、句句的文字就犹如震撼心灵的一个个"红旗"故事，让我读懂了不仅仅是角斜这片革命的热土，有着浓浓的兵味，也不仅仅是角斜人屡建功勋，赫赫有名，更重要的是让我读懂了角斜民兵生命中的那股追求理想信念的无限热情和那种精忠报国的胆量与情境……在这里，只有这里，我体会到了什么是真正的无私，什么是真正的奉献，什么是真正的崇高，什么是真正的境界。

在石碑前拍照留念后，我踏过十几个台阶，来到了二楼。虽然这里已没有了当时角斜民兵"风萧萧，泪涟涟，求生存"的呐喊声；虽然已不见了当年战场上角斜民兵的英勇不屈身影；更不见了当年那"惩汉奸，夺枪刀，打土豪，分田地"的厮杀声……有的只是当年的痕迹留在这最后的照片中，让人驻足，让人仰慕，让人心生感动，让人肃然起敬。

那一块块鲜活的展区，那一幅幅生动的图片，那一个个飒爽的英姿，在眼帘中犹如一组组镜头，仿佛就在昨天，就在眼前……

1940年10月，新四军在黄桥决战胜利后，挥师东进、抵达海安。于1941年3月在季琳、丁骏、戎杰等同志的倡导与组织之下，建立了第一个中共角斜来南乡党支部。更让人值得骄傲的是中国史上的第一支民兵组织——"抗日自卫队"在苏中平原上由此诞生。队伍的扩张，人员的集结，同年底，角斜民兵与群众三千余人配合新四军一师警卫营，以迅雷不及掩耳之势，一举镇压了国民党特务操纵下的"大刀会"等地主武装，旗开得胜，有力地打击了敌人的嚣张气焰，人民战争的威力得到充分的发挥。

随后，角斜民兵团开展的游击战、保卫战、进攻战、锄奸战是一战接着一战，打出了角斜民兵的信心，也打出了角斜人的神威。在"腰灶港"的一战中，竟毙、伤、俘伪军就达200多人，缴获战马七匹，六〇炮一门，各种枪支近二百件，弹药二千余发。

由此可见，角斜民兵不仅会打阵地战，支前战也攻得有声有色，谱写了一曲曲、一首首支前英雄、支前模范的赞歌……1944年当部队启用隐藏在民兵家中的42箱军用物资时，角斜民兵50多人肩挑担送，兼程行军七天七夜，终于安全到达海州（今连云港）、赣榆等地。更让人敬仰的是，1949年2月10日的那一天。角斜民兵在区委宣传科长符永芝的带领下，组成一支由200多名基干民兵参加的常备民工队随三野十兵团二十九军行动，千里南下，渡江支前，历时九个多月，艰难跋涉，熬尽艰险，不怕流血牺牲，直至胜利抵达福建厦门……

此时此刻，随着画面的不断切换，我的心里感到一种疼，一种钻心的疼。因为在三打李堡的外围战役中，角斜民兵立即行动，全力支援，运送弹药，站岗放哨，抢救伤员，激战了三天两夜，于年底解放了角斜。不过，在那场战斗中，竟有88位烈士的遗骨安葬于此。就在这闪耀着无数中华民族英雄之星中，有位英年早逝的民兵，他叫刘文山，时任民兵团副大队长，在那场激战中，不幸被捕。穷凶极恶的日伪军急于想从刘文山的口中得知当时中共区委领导是谁，有哪些人，而年仅32岁的他，不顾敌人强行用铁钉穿过他肩膀的锁骨，将他的身躯悬钉在墙上，他强忍着痛苦，不畏酷刑拷打，直到生命的最后一息，他仍然一字未提。他太年轻了，他们都太年轻了。十几岁、二十几岁、三十几岁，正是美好的青春年华，然而他们却永远地长眠在这里，就是铁打的心也会碎裂！

面对此情此景，英雄的事迹、团队的力量不仅深深地打动了我的心，也给所有参观的人增添了动感，增添了"当先锋，做表率"的色彩，也增添了藏在心中的那份奥秘——"红旗精神"。

虽然今天呈现出一派静谧，战火纷飞的年代已经远离我们而去，但诞生在这片英雄土地上的角斜"红旗民兵团"，50年来，居功不傲，牢记使命，始终弘扬"听党指挥、忠于祖国、爱军习武、乐于奉献、开拓进取、奋发有为"的"红旗精神"，与时俱进，积极探索新时代条件下，民兵建设的新途径、新办法和新路子，雄风更胜当年，红旗更加鲜艳！

看！今日的角斜，你在新的征程上继续书写辉煌。从民兵团领导到每一位普通民兵都始终坚持着自己的操守。"不能让这红旗在我们手里褪色，要让她在我们手里更鲜艳！"带着这份情结，代代奋斗拼搏，铸就了"红旗精神"，为团队赢来了一块块熠熠生辉的金牌。

看！今日的角斜，你在新的征程上继续编写传奇。你积极调整民兵编组结构，适当压缩步兵分队比例，依托当地医院、学校和高新技术工业园区等资源，先后组建了作战实用、技术含量较高的防化、防空、电子对抗等 10 多个专业分队，优化了组织结构。在一次次的军、警、民联合实兵的沿海机动防卫战检验性战斗中，出色完成了构工伪装、打击海上来袭敌特等演练任务。

看！今日的角斜，你在新的征程上继续彰显风采。你不仅有了全省一流的民兵射击场、民兵综合训练地与少年军校，而且又在打造一座集国防教育、战备训练、群众性军事体育活动和休闲娱乐为一体的国防公园。

还有，在新的征程上，你不仅使威震华东，享誉全国的角斜"红旗民兵团"这面战旗继续迎风招展，而且把经济与民兵建设的和谐发展，互动发展，结合得淋漓尽致，让人们看到了角斜镇这道亮丽的风景线如同海天彩虹，灿烂夺目！

啊！角斜，这方震撼心灵的净土，虽然我们只停留了不到两个小时，但大家都有一种不舍离去的心绪，走出好远，还都深情地回望。

因为我深深地感到，50 年的风雨征程，角斜"红旗民兵团"这面沐浴过纷飞战火的红旗，浸透过辛勤汗水的红旗，在人们心中有一个共同的"魂"，那就是镌刻在他们心头的"红旗意识"。这意识，是他们抹不去的情结；这意识，是他们永远的精神支柱；这意识，是他们建设美好家园的力量之源。

因为从历史再回到现实，我倍感角斜"红旗民兵团"不仅仅是一面旗帜，不仅仅是一个地理方位，她更是一种精神的火焰，更是一种灵魂的高地，更是一种境界的团队，更是一种红旗的情结。

因为我的心中满是历史，也憧憬未来。在祖国黄海前哨高扬着的那面民兵工作壮美的旗帜，特别是进入新世纪新阶段，那敢于创新的勇气与情怀，那恪守海防的忠诚与奉献和一往无前的雄心与决心，重重复复盘桓于心头，相信角斜人会把这面飘扬了 50 年的旗帜举得更高，染得更红！

"七战七捷"之魂

在祖国南方——苏中革命老区的这方热土上，令心灵感动、激动，令心灵震撼、振奋的东西有许多许多。但其中扬名中外的"连续作战七次，仗仗奏捷"的苏中战役，在我的心目中却留下了不灭的印痕。

就在前不久，一个春暖花开的季节，我又一次踏进了这片土地——海安。

海安，不仅环境优美，景色迷人，而且更引人注目的是"七战七捷"纪念馆中的那个碑身，被誉为"天下第一刺刀"。它身长 27 米，墨绿色装扮，拔地而起，直耸云霄。那种造型，那种英姿与夺人的气势，在瞬间，你便会感受到一种庄严、一种力量和那穿过历史长夜的不熄的精神火焰。

其实，这种"力量"和"精神火焰"就是一种魂，一种需要弘扬的精神。因为在这里留下了粟裕将军七次战斗告捷的足迹，创造了古今中外"以弱胜强、以少胜多"最为罕见的战役范例。正是这"七战七捷"之魂，振奋了全国人民敢打必胜的信心，扭转了当时我军南线被动坚守的形势；正是这"七战七捷"之魂，点亮了解放战争初期作战胜利的第一缕曙光；正是这"七战七捷"之魂，使凄风苦雨化为和风丽日，编织了飘扬在海安上空"打好新征程七大战役，实现新时期七战七捷"的旗子。

走进苏中"七战七捷"纪念馆，就是走进了神圣之地。

当我看到大厅中一群雕像时，似乎听到了穿越时空70年前那些不寻常的故事：

据介绍，抗日战争一结束，在人心思定、举国期盼和平的声音中，毛泽东飞赴重庆，抱着极大的诚意与国民党进行和谈，商讨和平建国的基本方针。为避免内战再起，国共双方代表先后签订了《双十协定》（1945年10月10日）和《停战协定》（1946年1月10日）。但蒋介石在下达停战令的同时，就着手运作，密令国民党军队把苏北、苏中作为"抢占的战略要地"和夺取的目标。因为苏中位于整个中国解放区的东南前哨，处于国民党政府的政治南京、经济中心上海的卧榻之侧，对其威胁巨大，所以在恢复和平谈判中，他亲自出马，直言不讳要共产党让出苏北（江苏省长江以北地区，含苏中在内）。

然而，时任华中野战军司令员的粟裕，对蒋介石的阴谋早有认识。1946年5月，经中央军委和新四军军部批准，粟裕将第一师、第六师及第七纵队、第十纵队共十九个团三万多人集中于苏中地区，完成了战略集结。

集结后不久，一向善于动脑与捕捉战机的粟裕，面对中央"由内线转移到外线作战"部署的压力，权衡利弊，精密分析，大胆提出了充分利用苏中各种有利条件"先在内线打几仗，再转到外线作战"的策略。这一作战策略，很快得到了中央军委的批准。

7月13日，粟裕动用十五个团，突然向守备较弱的宣家堡、泰兴国民党军整编第八十三师十九旅的五十六团、五十七团及旅属山炮营发起攻击，打响了苏中战役的第一仗。进而，在一个半月内，连续进行了宣（家堡）泰（兴）攻坚战、如（皋）南战斗、海安运动防御战、李堡战斗、丁堰林梓攻坚战、邵伯阵地防御战和如（皋）黄（桥）公路遭遇战，取得了"七战七捷"，共歼国民党军六个整旅，五个交警大队，总计五万三千余人。打出了人民解放军的神威，书写了我军战争史上的华彩篇章。

苏中战役，七战各有特色，但最具传奇色彩的要数李堡一仗——乘隙奇袭。

自从华中部队撤出海安后，蒋军先头部队随即占领海安，并纷纷向上报捷邀功，第一绥区司令部统计"歼灭"我军竟达"二三万人"，宣告"苏北共军大势已去"。此时得意忘形的李默庵，却认为第一步作战目标已经达到，按预定作战计划，调整部署，派出六十五师和一〇五旅由海安继续北犯，广占地盘。然后，与徐州南下部队会师，实现第二步作战计划——会攻两淮。

可蒋军万万没有想到，高出一筹的粟裕，却从无线电侦察中获知这一作战计划，第二天早晨立即电告华中局、军部和军委："敌骄兵轻进，必有机可乘，出现我歼敌良机，我主力已集结于海安东北，伺机出击。"次日即获军委复示："歼敌良机已至，甚好甚慰。"

1946年7月10日晚上八点，粟裕决定设置"口袋"，集中优势兵力，乘敌换防混乱之际，以第一师攻歼李堡、角斜之敌第一〇五旅主力；以第六师的第十六旅攻击丁家所守敌第一〇五旅的另一部；第七纵队及新调来的苏中第五旅和华中军区特务团，协助主力攻击。攻其不备，挥师突袭李堡，一夜之间全歼守敌。

李堡之战，前后不到20个小时，大获全胜，歼敌近两个旅，共九千余人。并且在这次战役中，率领第十九团前来李堡接防的敌新七旅少将、副旅长从田云，成了一师俘虏到的第一位国民党将军。

真是用兵如神啊！

由此，我想起了那首至今仍在民间广泛流传的民谣："毛主席当家家家旺，粟司令打仗仗仗胜。"现在看来，作为这一战役的策划者和指挥者粟裕，受到苏中军民的热烈拥护、爱戴和颂扬是当之无愧的。

就在解放战争进行到第三个月，即1946年9月，我军已经歼灭国民党军队一批有生力量，取得了战争初期的作战胜利。毛泽东对此进行了科学的概括，写下了《集中优势兵力，各个歼灭敌人》（1960 年 9 月收入《毛泽东选集》第 4 卷）的光辉著作。这篇著作，像一支熊熊燃烧的火焰，拨开迷雾，照亮了中国革命的前进道路。

在这篇著作中，毛泽东指出，集中优势兵力，各个歼灭敌人，是战胜国民党军队的主要方法。特别是提到苏中战役中的三次作战成果："得手后，依情况，或者再歼敌军一个旅至几个旅（例如我粟谭军在如皋附近，八月二十一、二十二日歼敌交通警察部队五千，八月二十六日又歼敌一个旅，八月二十七日又歼敌一个半旅……"正是因为有了这篇著作，正是因为有了"七战七捷"的典型战例，才有了理论瑰宝——毛泽东军事思想的"十大军事原则"，才有了解放战争的胜利，才有了 1949 年 10 月 1 日鲜艳的五星红旗在天安门城楼上高高飘扬。

是啊！在中国革命历史璀璨的画卷中，1949 年 10 月 1 日永远是个庄严的时刻，是个值得纪念的时刻，也更是值得每位中国人骄傲的时刻，因为"中国人从此站起来了！"但在历次的革命战争中，为了新中国的诞生而献出自己宝贵生命的中华儿女却不计其数。

在浩如烟海的革命事迹中，有一位感人至深的烈士，名叫张文雄，是位战斗英雄。他于 1944 年参加新四军，抗战胜利后，随军北撤到苏中一带，在华中野战军三分区一师一旅任三科通讯参谋。在丁、林战斗中，他面对强大的敌人，冒着弹雨，机智勇猛，不顾个人安危，冲锋陷阵、英勇杀敌，并与敌军激战整整三个昼夜，但就在要取得胜利的那一刻，却被一颗无情、冷漠、不懂人性的子弹打中了，因流血过多而壮烈牺牲，年仅 18 岁。

18 岁，这是人生最美丽的年龄，这个年龄充满着欢乐，充满着理想，充满着向往与希望，美丽的年龄装满了美丽的梦幻。18 岁，可以说是人生的花季，是美好人生的开始，然而，这年轻的生命为了苏中人民的翻身解放，为了苏中人民的幸福与安宁，却过早地离去了这个美丽的世界。

写到这里，我又不由想起了一位哲人说的话：人世间最宝贵的东西是生命，生命有长有短，有的人生命虽长，却活得暗淡无光，无滋无味，有的人生命虽然短暂，却熠熠生辉，有光有彩。这也正应了"有的人虽然活着，但却死了，有的人虽然死了，但却永远活着"这句规劝告诫的话。而张文雄用18年的人生历程，把自己最美好的年华永远地镌刻在苏中这片土地上……

想着想着，满眼泪水模糊了我的视线，我的心在猛烈地颤抖……在苏中的大地上，今天，虽然呈现出一派静谧，战火纷飞的年代已经远离我们而去，但烈士们留下的印记以及诞生在这片红色土地上的"七战七捷"精神，只有当我们亲身来到这块红土地，当我们亲眼看到一处处战争遗迹，当我们撩开那厚重的历史烟云，才更深刻理解人生的价值，才更深刻理解"七战七捷"的内涵，才更深刻诠释战争、和平与祖国。

于是，我想到了，一个国家、一个民族、一支军队，总要有一种信念，总要有"英勇顽强、攻坚克难、敢于进攻、敢于胜利"的精神，把人民团结起来，把人心凝聚起来，这样才能永远立于不败之地。而"七战七捷"之魂正是需要弘扬的信念，正是需要弘扬的精神。

在今天，在高水平全面建成小康社会的伟大征途上，我们更需要弘扬中华民族的精神火焰，更需要弘扬"七战七捷"的精神火焰。只要精神火焰永远燃烧，就一定能够实现毛泽东那首豪迈诗篇中所说的那样："可上九天揽月，可下五洋捉鳖，谈笑凯歌还。"

"七战七捷"之魂，是永远不灭的火焰，是永远明亮的火焰，是永远激励人们奋发向上、奋勇前进的火焰！

第五辑 流连·他乡

这山，是当年大雁用脚踩醒、用情感画出的第一座大山，正是因为大雁的到来，这雁荡山才变得更加美丽、更加多情，变得更神奇莫测。就在我感叹的同时，四合的暮霭已封锁了群山，我环顾了四周山影，猛然间有一个新奇的发现：每一座山峰，都竟像一只展翅欲飞的大雁，俯仰自如，十分给力。

清幽的琅琊山

仰慕琅琊山是从读欧阳修的《醉翁亭记》开始的。

那年的 8 月 5 日，正好是星期天，我约了老乡，共五人，一同前往，出游观景。

虽然时下正值夏季，但八月的山区，随处都散发着沁人心脾的凉意，清爽、舒适、惬意，走到哪儿都是"画中行"。

我们乘着汽车，沿着林道，穿越在盘旋的山路上，扭来扭去，慢慢而行。透过窗户忽而峭壁悬崖疑无路，忽而沟壑幽深水流急，忽而山色空蒙云低绕，忽而层林尽墨植被密，景色十分惊艳与奇美。

大约上午八点半，车子缓缓停下，我们来到了心仪已久的琅琊山，访古探幽。

琅琊山位于滁州城西南约五公里处的群山之中，古称摩陀岭，系大别山向东延伸的一支余脉，包括琅琊山、城西湖、姑山湖、三古等四大景区，面积 115 平方公里。相传西晋时琅琊王司马佩率兵伐吴，曾驻跸于此。东晋元帝司马睿在称帝前也是琅琊王，曾在此避乱，故后人将摩陀岭改名为琅琊山。

迈过大门，我的心不禁一颤。这里的山，静谧、幽深，有着江南的婉约、恬静、淡雅、逶迤起伏；这里的水，甘甜、清冽，清澈的泉水沿山而下，"叮咚叮咚"，似一古筝藏于山间，泠泠悦耳；这里的空气新鲜，感到有点甜……我抛开一切，让疲惫的身心在映满艺术韵味的殿堂中得以抚慰、得以放松。

在琅琊古道中行走的我们，犹如踏进了一座精美的山水画廊。那古道始建于明嘉靖年间，全长约 1200 米，用青石板铺设而成，虽说已逐渐打磨了初建时的雕痕，但大部分石板依旧保存完整，蜿蜒于山腰，由低渐高，光滑如鉴，平坦而深幽。

而古道的两旁，却是风的潇洒，树的参天，山的稳重，水的柔情，花的浪漫，草的活力，石的灵魂；一束阳光，一缕清风，一朵白云，一片绿荫，一声鸟鸣……大自然的点点滴滴，无不展示着它种种平凡和细节的魅力，成了人们欢乐愉悦的源泉。尤其是那绿得深邃，绿得清纯，枝叶茂盛、苍劲挺拔的古树，亭亭如盖，形成了天然棚盖，晴天可以遮阳，雨天可以挡雨，犹如一个个绿色方队，守护着蔚然深秀的琅琊山，展示着英姿，展示着力量，它与古道相辉相映，构成了琅琊山上一道亮丽迷人的风景线。

我们五人，在不知不觉中，走进了醉翁亭。

醉翁亭，别具一格，吻兽伏脊，飞檐翘角，具有江南亭台特色。16 根柱子分立四周，亭内框门格花浮刻花纹装饰，檐下有古代故事的硬木透雕。它位于琅琊山的半山腰，初建于北宋仁宗庆历年间，距今已有 900 多年的历史。据始料记载，当时，欧阳修因在朝中得罪了左丞相等一伙奸党，被贬至滁州任太守。时任琅琊寺住持——智仙，同情欧阳修的境遇，尤其钦佩他的文才，便特修筑一亭供太守歇脚、喝茶、饮酒。时下年仅四十的欧阳修，"自号曰醉翁"，登亭"饮少辄醉"，故给此亭取名为"醉翁亭"。从此，芳名流传至今，成为"中国四大名亭"之一。

面对此亭此景，我能感悟到那时欧阳修的心境，这亭正如一杯绿茶，用来醒酒。醉是外表，醒的是内心，醉醒才是目的，才是初衷。

"有亭翼然临于泉上者"！我喜欢飞翔的姿态，有种动感的美丽。在亭内的不远处，有一对遥相呼应的东、西两亭：上刻欧阳修撰文"醉翁亭"与苏东坡挥笔"醉翁亭记"，每字三寸见方，欧文苏字，可谓双绝，勒石为碑，流芳千古，何等名贵。不过，堪称一绝的还要数亭西侧的一株"古梅"，传说为欧阳修亲手所植。虽然它穿越了岁月的风风雨雨，但却枝繁叶茂，兀然傲立着。它的长寿正好与苍竹，古亭，构成了一幅没有经过任何装饰的古朴画卷，充满着生命的张力，彰显出大自然本色、纯粹的美！

一缕阳光透过树枝的空隙，点点地照在我们的身上。"叽叽喳喳""叽叽喳喳"……一群调皮的麻雀在路边的树丛中叫个不停，那一只只小脑袋里充满了新意，一会儿飞到草坪上，嬉嬉闹闹；一会儿又飞到枝子上，放出那赞美"自然"的歌声，声音里满含着清、轻、和、美，好像"自然"也含笑倾听一般。

再往西行，可见"意在亭"，取"醉翁之意不在酒，在乎山水之间也"之意。亭以四根栋木为柱，亭角翘起，呈飞腾之状。人工开凿的水渠弯曲绕亭，名曰"九曲流觞"。据讲，是按晋代大书法家王羲之的《兰亭集序》中描绘的情形设计而建造的。九曲渠水来自山泉，从影香亭的方池注入，萦回往复，缓缓而流，经过九折八回，流出亭外。古人置酒杯于渠中之水，酒杯顺水而动，停在谁面前谁即取饮，并要赋诗一首。不难想象，当年欧阳修与文人墨客们一边饮着醇酒，一边欣赏着琅琊美景吟诗作对，别有情趣，确乎是人生的一大享受。

"叮、当，叮叮、当当"，一阵阵清脆悦耳的声音，离我们越来越近，听起来也越来越清晰，原来那是"会峰阁"顶层檐角挂着24个铜铃，在微风中，相互碰撞而金声四起。于是，我们本能地抬了抬头，望了望，原来是"南天门"到了！

其实古道的尽头就是山的顶峰，因为此峰居琅琊山的正门而取名为"南天门"。

紧接着，我们又沿着台阶缓缓慢行，穿过南天门，登上会峰阁，青峰黛岭，片片苍绿、清秀，曲径幽泉，起起伏伏，给人以诗意的安静。极目远眺，天高地阔，只见长江如带，钟山如罗。鸟瞰群山，层峦叠嶂，山色苍茫，绿荫如盖，云雾缭绕……让人心旷神怡，令人流连忘返。难怪欧公视宦海浮沉为云烟，山山水水间，把心灵沉淀得恬淡闲适，才有如此淡雅婉转的《醉翁亭记》，文是心境的渗透。就这样！是一个人赋予了琅琊山千古的生命，是千年的文化底蕴激活了琅琊山水的灵气……那古道、清泉、石桥、亭阁、寺院……在我的脑海中留下了永恒的记忆。

　　再见了！琅琊山，古朴而又清幽的琅琊山。你不仅是一座山，一座名山，一座净化人们心灵的山，更是一处欧阳修笔下传世不衰的地方！

大雁一脚情

　　秋天如期而至，大雁开始迁徙，排成"人"字或"一"字的队形，由北向南飞去。不过，谁也没想到，大雁一歇脚，仅仅是一歇脚，那脚，亿年一踩，便情满温州大地，最多情的，就是雁荡山。难怪当年的旅行家徐霞客对此情有独钟，曾接二连三游历雁荡山，并写下了长文《游雁宕山日记》，其中的原因就不言而喻了。

　　但说来有些惭愧，徐霞客先生在那个年代能从江阴步行数百公里来到雁荡山，而我这个生长在苏中平原的现代人，竟到了前年，才利用一次出差的机会步入雁荡山。

　　那次出差去温州，对于多情的雁荡山的向往更是与日俱增。睡不着，还是睡不着。好不容易到了第三天，早饭后，只得狠狠心，推却所有事，约上几位文友驱车直奔温州的东北方向。游雁荡山，主要看什么？当然是看山了："海上名山""寰中绝胜""天下奇秀""东南第一山"……一路上，我的脑海里反复跳跃着这些词汇。雁荡山的那些传说与故事，难道真的是大雁用脚一步一步踩出来的吗？

　　我们刚刚下车，来到门口，当地文友便突然叫道："瞧，那人接我们来了！"

"谁？"

"山里的和尚呀。"

我顺着他手指的方向望去，果然看见了——他缓缓地从云烟迷蒙的群山里走了出来，光光的头颅微微昂起，略带微笑，双手作揖，长袖仿佛正在随风飘动……这就是"接客僧"，雁荡山大门口的一座奇异的小山。谁也无法知道，他已经在这里伫立了多少年。假如他真是血肉之身所化，为什么要化成这样的姿态呢？据说，僧人得道坐化，应当是盘腿而坐，举手合十，而他，竟化成了这样的接客状。虽然他的神态的确有些诡异，但还是值得虔诚的，他默默无声地迎接着每一个远方的来客。

又一次我回过头去，细细看看，真有意思，刚进山，便碰上了那位神秘的和尚。我却陡然想起了两个字：真情。这和尚，这微笑，这时刻，都在用真情欢迎你。也许，在出山的时间，我会领悟他那神秘微笑的内涵。

上得山来，方才知道雁荡山有如此多情。

行至著名的"大龙湫"瀑布时，我听到了时断时续、时轻时重的声响，像是有人在那里轻轻地叹息，在那里拨弄着一架音弦不全的古筝……我不断上行，登上山坳口，眼睛顿时一亮：迎面一堵又高又宽的峭壁，一条雪白的瀑布从峭壁顶上垂挂下来，像下凡的仙子，在灰暗的峭壁前优美地扭动着。假如仙子玩兴奋了，还会在半空中打个颤，晃晃悠悠偏离方向，来到你的身边，和你一起拍张照，留个影。只一下，整个人、整个灵魂都湿了醉了，都掉进了这幅画里。

就在此时，当地文友突然哈哈大笑起来，我忙问何故，他说："我看你们这么动情，要不，在瀑布旁边的石壁上刻上你的名字，这样才能与山水长相厮守。"但我只是想，终究没动手。算了吧，厮守又能怎样？这么大的山，哪会在意"一片云儿"的心愿啊！

毕竟这只是一厢情愿。我还是忧郁了，眼巴巴地望了最后一眼飞舞、蹦跳的"大龙湫"，如云一般雾一般的水烟，仍然拍打着森然峭壁。不过，那碰撞的声音，像在对我说，亲，只要你记住我就行了。我莞尔一笑。

在不知不觉中，我们来到了号称"雁荡三绝"之首的灵峰脚下。据说，在有月亮的夜晚，这里所有的山峰都会鲜活起来，都会变成一些人世间罕见的生灵……

"夫妻峰"就是其中之一，在这里它最具传奇色彩。相传在很久以前，一个远方归来的学子，他来不及放下肩上沉甸甸的书包就扑向爱人的怀抱，倾诉着离别的思苦和相见的甜蜜……在想象中，我带着这番思绪，抬头仰望，由于变得太快、太突然，变得惟妙惟肖，我着实惊呆了：你们真的变成了一对巨人，高一点的是男子，还肩负行囊，低头看着稍矮一点的女子，而那女子正仰起头，用手臂紧搂住男子的颈脖，慢慢地把脸凑上去……我忽然听到，"你们竟在群山的众目睽睽之中，毫无顾忌地亲吻着。"

"扑哧"一声，我笑了起来。其实，自然界中的一切都有爱和情，只是释放的形式不同而已，有的豪放，有的隐蔽，有的无语，有的却冲动，更何况这对人为塑造的情侣呢！

情思的飞动，他们终于久别重逢了。在此刻，他们把所有的忧虑和烦恼、痛苦与快乐，都化成了炽热的柔情。

"我们从今往后再也不分开了！"

"永远、永远！"

"……"

仿佛听见了他们梦一般的絮语。

我是个泪点低的人。像这样多情的山姿，在雁荡山总面积450平方公里的大野上，我看到了被誉为东方维纳斯的"双乳峰"，我知道了一个凄凉而又迷人的"犀牛望月"的故事，我看到了泪水满面的"相思女"，我知道了"双笋峰"的典故……总算我没有空手而归，仿佛每走过一座山峰，都能踩着一个传奇的、带着梦幻色彩的故事，都能听到喁喁私语，给人无限眷恋和思索。在当下，大同小异的旅游景点已经使我们的眼球麻木了，神奇的山水风景已经被过多的商业包装变得越来越俗气。相反，寻求大自然的原始、古朴倒成为现代人的一种共识。面对多情的雁荡山，好像中国画一般的雁荡山，我的心灵倒是多了几分清明。

而清明就像一只小鸟，它飞翔于时间之外。登顶观雁湖是我们的终点站。之所以我们选择去雁湖，不仅是为了想看看山顶上的奇迹，寻找大雁的归宿，更是想去享受一下大雁一脚情的乐趣，否则，雁荡山，雁荡山，没有大雁，还算什么雁荡山呢。

夕阳驮着静谧。当我们抵达山顶时，我却傻了，哪里有什么湖呵，眼前就是一片凹陷而龟裂的土地，只有荒草、几丛脸色惨白的芦苇，在秋风中凄然地摇曳。难怪这一路走来，什么也没有发现，哪怕是几根轻柔的羽毛，哪怕是一窝小小的蛋……面对这片干涸的雁湖，我明白大雁失踪的原因了。因为你们失去了这个高山上的驿站，再也没有青青的芦苇可以筑窝，再也没有依依的湖波可以流连，所以，你们不得不改变自己的旅程，飞向陌生的地方。

我由衷地问了自己一句："雁湖还会重新荡起清波吗？"这个问题太难答了，我哪儿知道呀！但是这山，是当年大雁用脚踩醒、用情感画出的第一座大山，正是因为大雁的到来，这雁荡山才变得更加美丽、更加多情，变得更神奇莫测。就在我感叹的同时，四合的暮霭已封锁了群山，我环顾了四周山影，猛然间有一个新奇的发现：每一座山峰，都竟像一只展翅欲飞的大雁，俯仰自如，十分给力。

我喃喃自语：看看，这大雁不是又回来了吗，毕竟这雁荡山因你的一脚情而名扬天下！

梦索的九寨

2020 年的 9 月初，我如愿前往。从遥远的苏中平原小镇来到了"中华水景之王"——九寨沟，出游观景，独自看寨。

那天清晨，山区随处都散发着沁人心脾的凉意，爽爽的。我乘着旅游车，一路向下，窗外是一片让人眼花缭乱的流动风景，山川与河谷绵延而过的每一个转角都会出现一种无法预料的美丽。凝目远眺，那山坡上云蒸雾绕，清新迷人，溪云浮生。而那瞬变的风云又凸现出深蓝色天空一块又一块，仿佛是天境在伸手招呼去天堂……啊！这仙境般的云，我在梦里似曾相识，不过，一切却在这个普通的清晨如梦如痴。

车在山与山的夹缝中，缓缓停下。

当"九寨沟"三个大字，赫然显目，映入眼帘时，我震撼了，这就是神奇的九寨沟吗？门前的两侧是一片绿莹莹的草坪，沾满了晶莹剔透的露珠，它们快活地接受晨曦送来的礼物，舒畅而又忘乎所以地向上生长，在阵阵的微风中，掀起层层的绿浪，像在不断地向我点头：远方的客人，欢迎您！

我随着欢快的人群穿过门寨。不知为啥，一种久违的激情在心中油然而生：啊！与其说是享受大自然的美，倒不如说是步入了艺术的殿堂……我闻到了寨沟内干净、透明的水味道，是那么的清凉。我忘记所有，尽情地呼吸着在翠绿的山上四周飘荡的浓郁香风，感到有点甜，舒适。我抬头仰望，那蔚蓝的天空中飘过的一朵朵白云，似乎瞬间我张开双臂就能触摸到那空中的丝丝云线。这不就是一幅阳光洒在大地上挥毫泼墨的中国画吗？

犹如"Y"形的三条景观主沟，从清澈明净的山水之间已向我伸出热忱多情的胳膊拥我入怀，融我入体。刹那间，群山、翠峦、树木乃至空气……那逼人的洁净扑面而来，仿佛将人的五脏六腑洗涤得一尘不染。那高阔的蓝天、清新的空气、神秘的雪山、蓝郁的松林……清纯如镜的水、神话般的意境，令我注目不动，美得我心旌摇荡。九寨沟啊！我完全融于这美好的景致中，一切都好像置身于童话般的世界里。让我变幻、让我陶醉、让我倍感舒畅……

九寨沟山清水秀，玉带般的溪沟将湖、泉、瀑、溪、滩连缀成一体，一点一景，景点相连，形成静中有动，动中有静，五彩缤纷，恬静秀美，千姿百态的一道美景。群海碧蓝澄澈，水中倒映着山、林、云、天，一步一色，创出了"鱼在云中游，鸟在水中飞"的奇妙幻境。水在树间流，时而陡峭，时而平缓，层层跌落，构成湖下有瀑，瀑泻入湖，湖瀑相生，层层叠叠，相衔相依的幅幅动人画面。这天景、气景、水景的绚丽，仿佛又把我带进了一座精美的山水画廊。

如果说苍山峻岭是九寨沟的气魄，那么水一定是她的灵魂，是跳动的精灵。九寨沟的水，真难以用语言去描绘她的神圣、洁净、崇高与伟大。河流、悬泉、飞瀑、小溪、高原湖泊一应俱全。令我心动和难以忘怀的是点缀在青山绿水间的瑰宝，大大小小的高原湖泊——海子。它们不仅仅个个都有着美好的神话传说，而且星罗棋布地散落在群山峻岭之中，如珠似玉、或聚或分或连，形状各异，在阳光下变幻出极为丰富的色彩层次，璀璨迷人。有些海子（如：箭竹海、熊猫海、孔雀海、火花海……）

绿得仿佛可以与晶莹剔透的翡翠相媲美，是那样幽静、那样蓬勃，镶嵌在群山绿树之中，安详地享受着高原阳光的沐浴；有些海子（如：长海、卧龙海、老虎海……）却蓝得仿佛可以与幽幽发光的蓝宝石相比拟，是那么幽深、那么内敛，静静地躺在陡峻的高山怀中，犹如熟睡的孩子那样，娇憨、纯洁；而有些海子（如：五彩池、五花海）又是五颜六色的，一团团、一块块，如天空般湛蓝、宝石般墨绿、鸟羽般翠黄……多种颜色交相辉映，混杂交错，五光十色，犹如孔雀开屏彩翅一般；还有的海子里面生长了矮小的灌木，一丛丛，"树在水中生，水在树中流，人在画中游"，一看就知是多姿多彩的盆景；还有的海子……我望着这如诗、如画的景色，陶醉了，犹如走进了仙境一般，身飘欲醉。

然而，在所有海子当中，有着"九寨沟一绝"和"九寨精华"之誉的就是五花海。海子的两湖有着妙不可言的色彩——翠蓝和绿色。在波平如镜的湖面上，呈现出浅红、鹅黄、墨绿、深蓝、宝蓝等色块，如同无数块宝石镶嵌成的巨型佩饰，珠光宝气，雍容华贵。远望山峦的倒影清晰如画，水光山色，相映成趣。在阳光作用之下，水色层次分明，那水中枯树，水底植物……纵横交错，层层叠加，交织成锦，犹如一幅幅色彩丰富、姿态万千的西洋油画，夺目耀眼。这海子的水啊！仿佛把你的眼睛洗亮，把你的灵魂涤荡干净，一霎时，变成一个无私无畏的人了。

假如巧遇上天有灵，一阵微风轻盈地滑过湖面，碧波荡漾，就像仙女手中的一把镜子，脱手了，变得支离破碎，荡漾开来，显得更加美丽。假如到了金秋季节，特别是处于黄昏时分，火红的晚霞映在水中，其色彩一定会超出你的想象——金星飞溅，彩波粼粼，绮丽无比。

告别幽静，九寨沟雄姿挺拔的要数瀑布了。雪山融化之水汇集成溪，从树丛中顺势而下，遇到悬崖峭壁，飞瀑千丈，倾斜奔腾，勇往直前。有的细水涓涓，如丝如缕；有的洪流直下，气势磅礴；有的若玉带当风，凌空飘举；有的似蛟龙狂舞，意气飘扬。让你领略到"动如脱兔"的迅猛。

有着水色最美、水势最急、水声最大之称的珍珠滩瀑布。湍急的水流涌入宽阔的珍珠滩，从灌木丛中奔涌自高悬边，一泻而下，吼声如雷，浪花飞溅，晶莹夺目，似颗颗珍珠闪耀，向东狂奔而去。这让我想起了那飞动、清爽的《西游记》的主题歌：你牵着马，我挑着担……似乎又回到拍摄现场。

有着最为宏伟壮观之称的诺日朗瀑布。滔滔水流自诺日朗群海而来，从瀑顶树丛中越过宛如一把140米长梳的水柳齿间凌空而下，如银河飞泻，水势浩大、声震山谷，颇有"飞流直下三千尺，疑是银河落九天"的气势，实属罕见的森林瀑布。

此外，有着汹涌澎湃，激情飞扬之称的树正瀑布。纯净的水流穿过丛林，跌落山谷，滑过圆石，漫过堤埂，从落差100多米瀑顶带着轰隆的声响飞出，水大势猛，层层瀑布，犹如千军万马奔腾，吼声如雷。

神奇的九寨，不愧是"人间的天堂""童话的世界"。由此也让我深深地体验了作家魏巍的那句："自然的美，美的自然，人间天上，天上人间"的美妙感受。

充满梦幻与诗意的九寨啊！你真正让我在梦幻里走了一回，游玩了一趟，仿佛自己也抵达一场生命的纯净。

再见了！梦索的九寨，我会再来看春天花里的九寨，冬天雪里的九寨……

记忆中的军垦

　　一晃，几十年过去了。那趟军垦之旅，每每回忆起，总能拨动我的心弦，充满着无限的眷恋。

　　那是 20 世纪 80 年代初，我是一名军人，在南京军区某部研究室工作。当时，按照军区首长的要求，在本部中组团八人，"送文化下部队、下基层"。于是，我有幸被选上，参加了这次活动。

　　10 月中旬的那天，我们从单位出发，头顶着茫茫的细雨，踩着飞溅的雨花，犹如在琴弦上跑动的音符，穿越在因秋雨，时而直线滑落，时而又随风飘洒而留下的如烟、如雾、如纱、如丝的情影之中。在秋的注目下，我们带着领导的嘱咐和重托，向闻名遐迩、全军知晓的地方——城西湖军垦农场驶去。

　　城西湖军垦农场，位于安徽六安霍邱县城西侧，淮河南岸，大别山东部，总面积达 140 多平方公里。

　　大约在下午的一点钟，我们走进了军区农场，眼前犹如白纱一样的雨雾弥漫着，挥不去，扯不开，斩不断，使人有种飘飘然乘云欲归的感觉。尽管能见度低，但我们仍然驱车从"工农兵大桥"一直往西，在坑坑坑洼洼的土路上，摇摇晃晃，一路前行。道路两旁，除了树叶开始凋零的白杨树向后退去外，从我们眼前掠过的有和坦克相似的履带式拖拉机、推土机等大型机械，同时也看到三三两两的军人在活动。这些流动画面，不仅让我感受到了一种淋漓雨中的宁静，同时更让我感受到了这里的士兵有多么的不易，不挑环境，不讲条件，不计得失，始终保持平和的心态和坚强的意志。

车子在继续缓慢地朝西行进，不经意雨却停了。这时，天上悠悠忽忽、时隐时现的朵朵调皮的白云登上了这蔚蓝色的舞台，仿佛是一场演出或表演到了最精彩的地方。在这秋日雨后的初晴里，映入眼中的景物都显得娟秀温柔，这也使我们的心情开始舒展，怡然自得。就在此刻，坐在前排位子上的那位带队领导，好像有话要讲，只见他挪了挪身子，靠近窗口，慢慢地抬起右手指着窗外的那广阔无垠的田野，然后转过脸来对着大家。

"这里就是城西湖，又名沣湖，是淮河中游大型湖泊之一。它对调节淮河的洪水，保证下游城市、矿区、铁路等安全，起着重要作用。不过，之所以形成现在这座大型的军垦农场，你们可能不太清楚。她的围垦开发也经历了一个漫长的过程。"已经来过多趟的他，却慢腾腾地讲道。

"其过程可分为早期的'民垦'，大约在民国三十年，霍邱县荒地整理局的代电内载：'西湖原多蓄水，仅沿边有少数耕地。兴建西湖长堤160里后，地始增加。'民垦荒地约20万亩，到了民国二十五年（1636年），当地群众又向地势较低处延伸开垦。再一个就是中期的'官垦'，始于民国二十五年，当时韦立人任垦务专员（兼县长）。查出城西湖内荒地16万亩，作为公有。由个人备价领种（多为地主）和招佃承耕（主要是农民）。直至新中国建立后，1955年春天，省劳改支队在双台子一带围垦。1956年大涝后撤走。"他稍微停了停，接着话题又继续说着。

"最后一个就是现在的'军垦'，从1966年至现在，军垦面积达110平方公里。农场在1979年前以33%的耕地种植水稻，67%的耕地种植旱粮。历年粮食平均单产：水稻 400 斤，小麦（含大麦）225 斤，豆类 93 斤，高粱 220 斤；年均总产量 3500 万斤，年均总产值（含工、副业）1500 万元，纯收入 400 万元左右。从去年开始，全部改种旱粮。不仅平均单产提高了，而且粮食的纯收入一下子就达 469 万元，可谓收益颇丰！"

　　他刚好讲完，伴着那一声熟悉的刹车声，面包车驶至目的地、慰问的第一站——农场的二一九团，在一个不起眼的门前停下。只见等候在那里的四个人面带微笑、挥着手，迈着轻盈的步伐向我们走来。如果我没有猜错的话，他们一定是团部的领导。果真如此，赵参谋递上介绍信后，他们纷纷都迎了上来，和我们一一握手、打招呼，表示欢迎，表示感谢。

　　一阵问候后，我们紧随政委，向前走了几步便踏进了整洁的营院，来到团部的会议室。政委给我们介绍了这里的大概情况。原来二一九团地处整个农场部队的最西角，被战士们称为城西湖的"西伯利亚"。不难看出，该团的艰苦程度可见一斑。

　　由于时间的关系，我们的见面会不到一个小时就结束了。但通过这次见面会，大家都欣喜地感到，团里领导对这次的来访慰问，不仅显得热情、真诚，而且准备周全、考虑充分。连每天要干什么事，慰问哪几个营、哪个连都安排得妥妥当当。并且还专门配了一名副团长跟随我们，当向导，为我们穿针引线。

　　我们跨出大门，便沿着通往招待所的那条围渠大道前行。没走多远，我们便看到了在阳光的直射下，无边无际而又轮廓清晰、块块相接的机耕农田，静静地躺在大地的怀中，安详地享受着那温暖阳光的沐浴，太像一幅阳光在大地上挥毫泼墨的中国画！此刻的我，好像被这壮丽迷人的色彩与这气势磅礴的画面所吸引而震撼了。我不得不收起脚步，本能地驻足于高高的堤坝上，用心去感受这个粮食大区独特的魅力。仿佛在瞬间，只要你稍微嗅一嗅就能闻出一股淡淡的"围田粮"的清香，呈千姿百态的气雾状飘浮于湖心的上空；只要你再吸一吸就能闻出稻谷除壳后，空气中散发的那种原野的芬芳……随你、随我、随路慢慢而行，让人神清气爽。

湖水茫茫，茫茫湖水。这倒让我忽然意识到，这里曾经承载过一段极不寻常的历史，默默地驮着一串串长长的故事。

据有关文献记载，1962年冬，中国人民解放军济南军区派来的部队在城西湖围垦3.9万亩后，因1963年、1964年两年自然涝灾，被迫于1965年冬撤出。20世纪60年代中期，全国农业工作又提出"以粮为纲""向高山要粮""向湖水要粮"等口号，同时把"围湖造田"列为解决全国粮食不足的途径之一。因此，于1966年1月，南京军区为了贯彻相关会议与毛主席"备战、备荒、为人民"的指示精神，决定围垦城西湖，建城西湖农场。同年的6月，城西湖围垦指挥部正式成立，南京军区派来了两个师，该县动员民工10万人，军民合作，从9月份开始到1972年11月全部完成，共围垦造田17.8万亩，其中军圩12.5万亩，民圩5.3万亩。

真是一次了不起的创举啊！你看，多少个岁岁年年后的今天，虽说是湖，可又不见湖水，却是一马平川的原野沃土。田野是绿的，然而又绿得不一样：墨绿、油绿、嫩绿……被整齐地分成一小块一小块。在微风吹拂之下，夹着泥土散发出的芳香，把这一大片一大片的庄稼吹得犹如涟漪荡漾，仿佛就是一块清新、碧绿的大地毯，滴翠流金！

其实，在空旷间俯瞰军垦，俯瞰农场，也像在景区观景一样，很难猜透每位游客对景观的看法，就看你自己的想象力了。不过有一点，你对她的描绘，会越述越像，而且谁先说出来的就会给人们一个思维定式。随着人们挖空心思的遐想，眼前这座神奇而又壮观的农场也不断变幻着多姿多彩的四季画面。而脚下这松软的泥土，却给了我另一番思绪，仿佛让我又追回到那个激情燃烧的岁月里……

你看！当初的营房是用毛竹搭成的人字形工棚，上面盖的全是油毛毡，而床板就放在土墩上。一年四季房内房外的气温始终如一。当遇到雨天时，外面下着大雨，而里面便下小雨。

你看！在每逢围堤合龙的瞬间，虽然脚下无路且十分泥泞，但官兵们却全然不顾，喊着号子，担着泥土，背着沙袋，一路小跑，就像战场上冲锋一样。有的战士脚崴了，还在继续坚持着；有的战士累晕了，喝几口水又拿起锹镐继续干着……可以说他们每迈一步都可能与死神相伴，因为说不上什么时间脚下的土堤就会决口、崩塌。

你看！每每到了抢收、抢种的季节，战士们克服种种困难，挥汗如雨，并肩作战，置自己劳累于不顾，一干就是十多个小时，始终驰骋在那片热土上。

你再看！那位战士轻伤不下"火线"。这几天正患感冒，发烧到了40度还在坚持，并且手上和肩膀上都磨出了血泡，可他从不哼一声。

据讲，还有位战士更是置个人安危于不顾。自从他第一次胃出血后，总是利用晚上时间去卫生队打点滴，而白天却坚守在工地、田间。不久，旧病又发作了，他才被送进了到医院……

从战士疲惫不堪的身影中，从战士憔悴的脸面上，从战士不断滚落的汗水中，从战士频频挥动的手臂上，我看到了那无声的壮举，正是这无声的壮举，在旷世围湖造田中换来了人类赖以生存和发展的物质基础——食粮！从而也托起了希望的曙光。

这是多么感人的画面啊！

昔日壮观、令人感叹、难忘的城西湖军垦农场，你不仅蕴含着战士们一个个动人的故事，包藏着战友们一份份的深情厚谊，而且让人看到了在这淮河跳动的浪花上，你由围垦开发到今天发展壮大、兴旺，成为我军史上首支农忙时以农为主，农闲时则练兵习武，摸爬滚打的亦农亦兵的现代化大型军垦农场部队，让人从心灵上真实地感悟到你的价值与真谛。走下围堤，我对这方土地的认识愈来愈深，虔诚和仰慕也愈来愈深。

时隔三天，依据日程安排，晚上还有个慰问活动，为某连的战士放一场录像。

陪同我们的仍然是那位闵副团长。眼前的他，看似有40岁了，安徽人，中等身材，黝黑的脸上嵌着一双炯炯有神的眼睛。说起话来，铿锵有力，而且风趣。他可是个老革命了，从围垦初期就一直在这里工作，见证并参与了农场开发与建设的各个环节。特别是当我们问及当年围垦的一些情节时，他便是如数珍宝地给我们介绍当年围垦造田是如何如何的艰难，战士们的生活是如何如何的艰苦，战士们的事迹是如何如何的感人……

特别有一件事，至今都沉淀于心底，难以忘怀。

他讲到，城西湖有一种名字叫"黑线鼠"的老鼠，因背上有一道黑线条而得名。它的身上有一种传染病菌，其传染性极强，危害之大，只要老鼠接触过的东西，再通过人的接触，就感染鼠疫病，也称为"出血热"病。自从城西湖围垦以来，就有数十名战友因为感染鼠疫病，被无情地夺去了宝贵的生命，真是太可惜了。

一路的故事，都让我流了一路心酸的泪。不知不觉中，我们便走进了连部的所在地。

这里的环境异常艰苦，潮湿多雾，让人明显看出房间的墙壁上都是湿漉漉的，如同雨后路面那样。

走进战士宿舍，尽管地方狭小、拥挤，设施简陋、单调，但从挎包的挂放、背包带的折叠到脸盆、碗筷的搁置都整齐划一、井井有条。被子也叠得方方正正、有棱有角。看得出他们管理得非常严格。进去不久，有位战士一听到我的讲话口音好像与他相同，自认为是老乡。于是，他就主动和我攀谈起来，原来他是江苏射阳人，和我同属苏北地区，是位老兵了。他感到这里确实很苦、很累。农活忙起来，几乎是没日没夜地干，不仅工作量大，而且有时连几顿饭都顾不上吃，这比家乡的条件要差得多了。

"说句心里话，我也常常想家，想念父母，也想早点退伍回家。但为了祖国的安宁，为了农场部队的稳定，为了给军区多打粮食，保证供给，我宁愿在这里受苦，承受寂寞。如果部队允许的话，我还想再干上几年呢。"他讲道。

听着他那朴实的话语，我的心为之一热，毫不夸张地讲，那真是一种沁人心脾的感动。我深深知道，他们日夜坚守的是祖国的领土，心中装着的是人民的幸福。从交谈中我能感受到"守土有责"的承诺已经使得他们与脚下的这片沃土厮磨着难舍难分，他们把自己的理想、血、汗、泪一点一滴渗进了这方土地，交付给了这方热土。他们那不变的意志与身影，成了在这湖心上舞动而最鲜亮的生命。

就这样，一周的慰问活动便随着日程的终结而悄悄地画上了句号。

临走前的那天早上，我推开窗户往外边一看，只见红红的太阳从东方慢慢地升起来了，射出万道霞光。蓝天上飘着朵朵白云，在柔和的阳光照射下，呈现出一片橘黄色，把城西湖照耀成一幅素描的风景画。不过，行走在这图画中的我们，又该上路了！因为下一站的慰问任务还在等待着我们去完成呢。

车轮启动了，地貌如一把"手枪"式的军垦农场在车轮的滚动声中，渐行渐远。我静静地望着，心中默默地喊着：

再见了，城西湖军垦农场！

再见了，农场部队的官兵们！

又是三月桃花潭

桃花潭，是在我上初一的时候，从语文课本上一首李白的诗《赠汪伦》得知的。

李白乘舟将欲行，忽闻岸上踏歌声。
桃花潭水深千尺，不及汪伦送我情。

我为读到这首诗兴奋无比。阳春三月，和风拂煦，桃花盛开，姹紫嫣红，如醉霞飞云般争奇斗艳。我站在校园中，几缕温暖的阳光斜射在我单薄的身上。我想象自己就是那个穿着圆领窄袖红长衫的李白，正向桃花潭走去。而那桃花潭就镶嵌在群峰之中，潭面水光潋滟，碧波涵空，宛如人间仙境，我不禁心旷神怡，深深陶醉于这秀美的山野风光之中。

写这首诗时，李白55岁。天宝十四载（755年），安徽泾州（今泾县）有一个叫汪伦的人，他是个"土豪"，曾为县令。他久闻李白名望，生平最大的心愿就是与李白对酒吟诗，一睹诗仙斗酒诗百篇的潇洒风采。但他得知李白素来高傲，不问人事，加上泾州名不见经传，自己又是一个小辈，怎么才能请到李白呢？终于有一日，他得知李白来宣城敬亭山漫游的消息，觉得机会来了，便灵机一动，投其所好，即妙笔聘书，邀请李白到家做客。信上热情洋溢地写道："先生好游乎？此处有十里桃花。先生好饮乎？此处有万家酒店。"果然李白大喜，有花有酒，以景会友，岂不是开心之事，便欣然而至。此时的汪伦，高兴万分，在岸边久候相迎，设宴热情款待。酒过三巡，李白问桃园、酒家在什么地方，汪伦点明"十里桃花""万家酒店"真相。于是，笑着对李白："桃花者，潭水名也，并无十里桃花；万家者，店主姓也，并无万家酒店。"两人相视，开怀大笑。李白笑曰："临桃花潭，饮万家酒，会汪豪士，此也快事。"汪伦见李白果然是"诗仙"风度，更加钦佩不已。留数日离去，临走时，汪伦依依不舍，踏歌相送，为此，李白写下了这首赠别之诗。从此，桃花潭便名声大震，而李白与汪伦之交也成为文坛的一段佳话。

故事不讲了，且来说诗。

先说第一句，"李白乘舟将欲行"。诗句一开始，便自道姓名，自叙将行，自营离别情景。当李白登舟将要离开之际，心里却多了些落寞之感，为什么此刻潭的岸边会这么沉寂？尽管心里有万般不舍，李白略有所思，原来只因担心汪伦再一次盛情挽留，于是，瞒他不辞而别。他摆摆头，叹了口气，不过，很快被桃花潭那江南美景所吸引，眼见绿树桃花，耳闻翻飞的鸟啼，动静相映成趣，美极了。他的感官全部被调动起来，微风过处，有隐隐花香在鼻尖上缭绕，似乎有和煦的阳光从碧蓝的天幕上泼洒下来。

鸟鸣再悦耳，耳力有限；山村环境再美，停留不可能变为永驻。所以，"乘舟将欲"四字，便表现出李白乘兴而来、兴尽而返的潇洒神态。不禁揣度，诗人李白，纵使外表文弱纤细，也必定是个胸怀宽广、气魄阔大的大男子。单从这简洁明快的语言中，可以看出李白的个性，更能看出他才高八斗。

再看第二句，"忽闻岸上踏歌声"。情与景相合。"忽闻"一词打破了这将行之际的沉寂环境与落寞的心理。突来的一股歌浪冲入耳鼓，以惊疑的心理循声望去，歌声越来越近，迅速地判断为汪伦与村人联手踏地高歌，为己送行，心理由压抑而突发为高昂，身心为之一舒。

此时不妨依据诗歌，展开合理想象：正当李白将要乘船离去，忽然背后传来一阵拖着长音且古老的歌谣，李白一看，原来是汪伦带领百余名乡里乡亲，赶到渡口为他送行。他们手拉着手，一边唱歌一边用脚踏地合着节拍，歌声悦耳，情深一片，为李白载歌载舞。顿时，这种热烈而又淳朴的送别场景深深地打动了李白，他的双眸湿润了……

李白激动不已。首二句是叙事，写送行场面，第一句写离去者，第二句写送行者。尤其是运用了内涵丰富的意象，将"将欲"与"忽闻"一一对应，有神有致，只闻其声，不见其人，但人已呼之欲出，表达了诗人对"踏歌"这种古老而又朴素的送行方式的惊喜之情，情景相生，短短十四个字就勾画出一幅离别的画面。

不仅如此，这首诗漂亮就漂亮在紧接下来的两句诗便笔锋一转，转得相当陡，却不露痕迹，仿佛顺势而为，跟前面的两句水乳交融、浑然天成。

诗的后两句便转为即景抒情。因为在这之前已经写了李白在乘舟待发之时，汪伦踏歌相送。这样火热的送别场景，怎么不叫诗人激动万分！李白的那种乘兴而来、兴尽而返的潇洒神态自然而然也就显露出来，同时为李白整诗的完成也夯实了基础。

读到此处，我们便知道，李白从第三句开始，将构"诗"视角从叙事转向对汪伦的那份感激之情和两人之间的深情厚谊。

第三句，"桃花潭水深千尺"。在似雨似雾、丝丝缕缕的江南，独有的桃花潭与青弋江相连，潭水、江水互通有无，深度千尺，永不干涸，而岸边杏花粉白，桃花灼灼，在三月的剪剪春风中绽放。这就是李白乘舟的地方——桃花潭。

李白不动声色，无赞赏，似乎只是在写眼前。但就是"深千尺"三个字，精炼概括却无限丰富，既描绘了潭的特点，又为结句预伏一笔。桃花潭水是那样的深湛，触动了李白的心，更难忘汪伦的情深义重，水深、情深自然地联系起来，可见李白对汪伦的感谢之情有多深。紧接着便过渡到结句"不及汪伦送我情"。

诗的最后两句妙就妙在，诗人不用"比喻"而用"比物"的手法来抒发诗人真挚而热烈的感情，用"桃花潭水深千尺"都"不及"汪伦来为他送行的情谊。"不及"二字恰到好处的勾连，将两件不相干的事物联系在一起，有了"深千尺"的桃花潭水作参照物，就把无形的情谊化为有形的潭水，使得李白与汪伦的情谊更加生动形象而美妙，空灵而有余味，自然而又情真。正如清人沈德潜所说："若说汪伦之情比于潭水千尺，便是凡语。妙境只在一转换间。"（《唐诗别裁》）显然，也妙在"不及"二字上。潭水已"深千尺"了，汪伦送李白的情谊有多深呢？的确耐人寻味。

那么，李白为什么在桃花潭只留了几天就对汪伦有这份真挚的情感呢？

史资记载，李白于唐天宝末年，坐永王事，不幸，受牵累，由翰林供奉流夜郎，释归。李白游泾县，正值他政治低谷期，急需栖隐与友情来舔舐受伤之心。而李白访友其中重要一站就是居住在桃花潭畔的万巨。万巨是李白结交的好友，相识多年，他博学多才，到处游历，结交名士，就是不愿为官。所以，李白游桃花潭时，在方离二十里地的漆林渡（现在的章家渡）就咏诵一首《早过漆林渡寄万巨》的诗。

而此时在泾县任县令的汪伦，凭他的水平和交际能力，要认识万巨根本不是问题。于是李白来泾县游玩时，他受邀与万巨一起作陪。这期间，李白写下了《下泾县陵阳溪至涩滩》《下陵阳沿高溪三门六刺滩》《石壁山》《罗浮潭》《扶风豪士歌》等诗。汪伦、万巨也作诗相和。

正在兴头上的李白，竟被汪伦的妙语蒙住，一挥手便来到了桃花潭。李白旅行时仙气十足——他骑着一头小毛驴，手里拿着酒壶，腰间挂着宝剑，身着一袭白衣，活像仙人下凡。在桃花潭数日，汪伦天天美酒款待，陪他游览，登山、荡舟、看花、望景。正如李白所写："永夜达五更，吴歈送琼杯。酒酣欲起舞，四座歌相催。"（《过汪氏别业》）虽然只是过往中的一幕，但足以说明汪伦为人热情好客，倜傥不羁。

由此得出结论，在李白沦为阶下囚的那种情况下，人人避而远之，生怕跟李白扯上一点关系。可汪伦却不一样，他重感情，他念李白才华，更喜欢李白的诗。哪怕最终他因李白而惹火上身，他都愿意，这便是汪伦当年对李白的感情。而李白对汪伦的感情亦是如此，李白原本以为这天底下所有人因为自己是囚犯而避之不及，却忘了，原来还有你汪伦惦记着我，为我送来美酒。李白怎能不记住人在落难时帮助过自己的人呢？从这首诗中也看出更真的是发自李白心里真真切切的感情。所以说，两个感情真的人才能碰到一起，这么一碰，就是一首千古流传的佳句。

因此，从几十年前那个早上开始，这首诗就高踞我私人的古诗排行榜之首，我喜欢的不是这首诗叙事上的表达，而是手法上几乎无人能及的才华。

用今天的眼光来看，李白是个通才，他不仅诗写得好，还兼具了电影、绘画和小说创作才华。

绘画且不说了，大色调，大色块，色彩鲜丽，可泼墨，可工笔；立体感强，画面开阔，选景典型，于尺幅纳江海，凭数骑驭万乘。还有哪首唐诗能如此让画家无须多动脑筋，就能挥洒自如的？

也不说小说了，小说跟电影类似。单说电影，李白他老先生早在1000多年前就熟稔地运用了蒙太奇手法。短短 28 个字，银屏的基调、造型、效果、节奏、闪回、跳切……全都有了。短短 28 个字，浓缩了多少细节和情感。"忽闻"谁人听得到？"深千尺"谁人看得见？李白用蒙太奇的手法，尽皆收束到眼前。

要知道，中国古代的诗歌，无论律诗还是绝句，都非常精炼，每一个字都可以敲开来，当很多个字、很多句子用，而在字和句之间，又能附着许多与之相关的景、人、物、事件。只要合情合理，加多少料都不为过。

这首《赠汪伦》，从第一个字到最后一个字，字面上都像在叙事。没有出现任何景色，是不是就没有呢？没有景哪还有诗！景无处不在，景躲在诗句背后衬托和打望眼前的人与事。在这首诗里，作者思接千载，视通万里，衬托和打望的是眼前"踏歌"与"汪伦送我情"。于有我中无我，于无我中有我，这是创作的一大原则。李白此诗便是集中体现这一原则的范本。

这首诗繁荣滋盛的外观和内涵，其原发点在游地"桃花潭"三个字上。从古至今，"桃花潭"这三个字都像个端庄贤淑、温情款款的淑女，写到笔下带劲，读在嘴里悦耳，放在心头滋润。

今天的桃花潭，是指长江支流青弋江上游的一段，即位于安徽省泾县以西40公里桃花潭镇翟、万二村之间。每逢春天三月天，粉红色的桃花盛开，弥漫着整个"桃花潭"，成为名副其实的"十里桃花"，可谓达到一步一景，步步是景的景象。

不过，只要说到或提及"桃花潭"，就无须多加思考。它定会被绿色环抱，古木苍翠，藤萝交织，鸟语花香，水深碧绿，清澈晶莹，翠峦倒映，山光水色……诸般景象，纷至沓来。由这些物件构成的桃花潭，寄托了多少中国人对美好生活的向往和希望。

因为这首诗，我终于在那年的三月来到了向往已久的桃花潭，一睹这流芳千古的诗意之潭。

当年的"踏歌古岸"如今已修成一座巧夺天工、古色古香的两层楼阁，仍然能"闻"到从楼阁里传出的那种带有节奏的踏歌之声。在不远处，即与"踏歌岸阁"隔潭相望的便是一幢三层楼的怀仙阁，耸立于垒玉墩上。它依山临水，飞檐迭出，气势挺拔。据说是为纪念诗仙李白而建。

踏楼而下，穿过半圆形门洞，便是桃花潭。

那潭中的水啊！静得好似一面大明镜，让你感觉不到它在流动；水清得可以看见潭底的沙石、水草，看见潭里的鱼儿在快乐的游动、嬉戏着；水绿得仿佛可以与晶莹剔透的翡翠相媲美……真好似"鱼在云中游，鸟在水中飞"，仿佛踏进了一座精美的山水画廊。

潭的两岸，依然像千年前那样，粉嫩的桃花灼灼艳丽，如同姑娘脸上那般高原红一样，成千上万，争先恐后地朝着阳光嬉笑：有的含苞待放，饱胀得仿佛随时都要破裂似的；有的只是花骨朵儿，好像正在孕育着实力，待到怒放时给人们一个惊喜！不同的是，那时诗人写此诗时，号称这里有"十里桃花"，其实哪有呢，可如今桃花潭已栽下了千亩桃园，名正言顺成了潭中的"桃花之王"。并且每逢桃花盛开的这个季节，人们就会远道而来欣赏这妩媚妖娆的桃花和享受这山水田园生活！

最后，想在古街老巷中寻找那曾经的"万家酒店"，闻一闻当年李白与汪伦诗酒唱和的浓浓酒香。刚迈步走进不久，在一条幽深的巷陌中，找到了"万家酒店"。不过，当年黄色的牙边酒旗不见了，只有酒店门前被人踩踏而留下的大坑，它像一位上了年纪的老妇人，在风雨中独自守望。但如今却大不相同，整个古镇不用说"万家酒店"，就是再加个"零"也不为过，山乡水乡、村村镇镇、乡村城市，到处酒旗招展、酒香扑鼻。

夕阳西下，月挂长空。

次日清晨，大地尚在沉睡中，一阵清脆的鸟鸣声，打破了我梦中的宁静，犹如几个声部合唱时那浑厚的和声。我披衣起床，来不及洗漱，三步两步来到桥头，静静地贪婪地享受着只属于江南水乡的意境。

啊！好一场浓雾！如一层乳白色的轻纱，在峰峦山谷间缓慢游荡，朦胧而迷离。远看，氤氲的白雾在山顶上连缀成片，不见峰岭只见山腰；忽而又在山腰处上下萦绕升腾，就像是一根乳白色的玉带，从山腰处一圈绕过来，瞬间被高峰留住。而飘散的云雾在小气流的牵引下，穿山入谷，时而回旋，时而舒展，在水山之间，沟壑之上，好像感到自己不仅在云与雾气之中，更感到峰海群山，巧石奇松都像活了起来。宛如步入了天宫仙境，的确令人称奇。

天空渐渐泛白，又是三月桃花潭。远处的怀仙阁，隐约其中。翟村、万村，还有不远处的踏歌岸阁，都罩在轻纱似的迷雾里，成了淡淡的影，像一张定格的照片，美不胜收。就在此刻，我仿佛看见了一叶扁舟，缓缓地离开东园古渡，忽而隐现在桃花潭江心，船头一位衣袂飘飘的白衣仙人，正抬头向踏歌岸阁张望，倏忽，这船就滑进乳白色的帘幕之中……

这份宁静，让我恋恋不舍，这份美丽，让我流连忘返。我还是不由地想起，华夏大地上的古镇多如牛毛，可谓各有各的特色，但仅仅因为李白的一首以赠别表达真挚、深厚友谊的诗篇，而使它名扬天下的地域却寥寥无几。所以，桃花潭恐怕是中国文坛史上最为传奇、最重情谊，也最具典型的一个成功范例。

您认为呢？

后记

　　看着即将出版发行的书稿《随风而行》，我感慨良多……

　　其实，这本游记集似乎不能算是一本书，只能说是一本小册子，一本记载了我浪迹天涯、随风而行的小册子，一本"挥洒笔墨，大唱古风之歌。指点江山，大写山河之胜。"的小册子，让更多的读者和我一起分享喜悦、欢乐、忧愁和忧思。

　　就在国庆节前，又是一个静谧的夜晚，当我整理完《随风而行》专集的最后一篇文章时，我的心情顿时感到轻松了许多。望着天幕上闪烁的星光，自己情不自禁地站起来伸了伸胳膊，并且习惯性扭头看了下时钟，已是子夜时分。

　　终于为这部专集画上了句号。此时的我，虽然感到一时的放松，但更多却是惆怅与担心，因为我不知道，这匆匆忙忙写出的东西，读者能否认可，能否接受，能否喜欢，自己心里没有底气。

　　这是因为，一是游记既好写又难写。好写可以信马由缰，拓展思路，任着性子自由自在地去写；说是难写，就是写真不易，写深不易，写美不易，尤其是想突破自我更不易。二是我不是一个专业的散文作者，更未想成为作家，更没有什么知名度，只是将此作为业余生活的喜爱而已。三是在这个领域内，至今我仍然是一个不懂规矩的新手。在字里行间，如前言中所讲，我只是把自己想要说的话都说出来，把自己想写的事都写出来，但与敏锐深邃和柔美诗意的境界，还有相当大的差距。

但不管怎样，我还是很努力的。在写作的过程中，我一直都刻意去追求文章的内涵、意境、真实以及文笔的优美，尽管下了不少的工夫，但细想起来仍难尽如人意。

虽然现在看来书中难免有这样或那样的缺憾，但随心、随意、随情却是我的文字、我的性格、我的习惯，也是我的生活，更不会因此而改变。因为散文或游记写作的真正意义就是追求美好，其目的就是让人从阅读中体会到那种轻松、愉悦之感，让人享受思想的睿智，享受意境的华美和文采的曼妙。

因此，这本书中的每一篇游记，都体现了散文的"以情为本、以情感人"的基本特征。这书中的每一篇文章，可以说都是我心灵受到感动或者受到触动所形成的，这也是我每每动笔抒发思想、抒发情感的种子和基因。也正是有了这份热情、这份感动，我才用心、用情、用智写下了《随风而行》书中的每一行文字，每一个段落，每一篇文章，以至书稿的完成。

正如有人所说："好的散文清新地像萋萋芳草，绚丽地如同璀璨的霞光，纯真地犹如初生婴儿般的吻，深邃地仿佛韵在骨子里的诗。"这句话讲得真深刻，我很有同感。不过，这种有感而发，它的确是一个人思想感情的流露，是发自肺腑之言，也是最直白的，更是一种境界。为此，我要感谢散文，感谢游记随笔，是它让我的生活更充实，让我的心境更舒展，让身心始终都涌动着深沉而炽热的生命之火。

《随风而行》是用文字和镜头记录了大地的自然景观。在写景绘物中，善于挖掘历史，传达对社会、对人文的关注。不仅格调高雅，其内涵丰富、厚重。既可当作旅游的指南，也适合广大青少年和旅游爱好者阅读。如果本书能给您的精神生活留下一点印迹、价值与记忆，实我愿也。

让我久久感动的是专集的出版，得到领导、战友、同学、同事和朋友的关心、关注、鼓励、支持和热心帮助。在此，我向你们表示最真挚的谢意。

除此之外，我特别要感谢解放军报社的主编凌翔大校为本书顺利出版加班加点，认真编排，精心设计；还有民主与建设出版社社长李声笑老师热心筹划以及该社的周佩芳老师等编辑付出的辛勤劳动，在此一并真诚感谢。

2020 年 11 月